TOUS LES HOMMES
DÉSIRENT NATURELLEMENT SAVOIR

Du même auteur

La Voyeuse interdite, Gallimard, 1991 ; Folio, 1993. (Prix du Livre Inter.)
Poing mort, Gallimard, 1992 ; Folio, 1994.
Le Bal des murènes, Fayard, 1996 ; J'ai lu, 2009.
L'Âge blessé, Fayard, 1998 ; J'ai lu, 2010.
Le Jour du séisme, Stock, 1999 ; Le Livre de Poche, 2001.
Garçon manqué, Stock, 2000 ; Le Livre de Poche, 2002.
La Vie heureuse, Stock, 2002 ; Le Livre de Poche, 2004.
Poupée Bella, Stock, 2004 ; Le Livre de Poche, 2005.
Mes mauvaises pensées, Stock, 2005 ; Folio, 2007. (Prix Renaudot.)
Avant les hommes, Stock, 2007 ; Folio, 2009.
Appelez-moi par mon prénom, Stock, 2008 ; Folio, 2010.
Nos baisers sont des adieux, Stock, 2010 ; J'ai lu, 2012.
Sauvage, Stock, 2011 ; J'ai lu, 2013.
Standard, Flammarion, 2014 ; J'ai lu, 2015.
Beaux Rivages, JC Lattès, 2016 ; Le Livre de Poche, 2017.

www.editions-jclattes.fr

Nina Bouraoui

TOUS LES HOMMES
DÉSIRENT NATURELLEMENT SAVOIR

Roman

JC Lattès

Couverture : maquette Fabrice Petithuguenin.
Photographie bandeau : M.-F. Moreau.
Photographie auteur : © Patrice Normand.

ISBN : 978-2-7096-6068-6
© 2018, éditions Jean-Claude Lattès.
Première édition août 2018.

À mes parents.

« Tous les hommes désirent naturellement savoir. »

ARISTOTE, *La Métaphysique*

Je me demande parmi la foule qui vient de tomber amoureux, qui vient de se faire quitter, qui est parti sans un mot, qui est heureux, malheureux, qui a peur ou avance confiant, qui attend un avenir plus clair. Je traverse la Seine, je marche avec les hommes et les femmes anonymes et pourtant ils sont mes miroirs. Nous formons un seul cœur, une seule cellule. Nous sommes vivants.

J'ai vécu en France plus longtemps que je n'ai vécu en Algérie. J'ai quitté Alger le 17 juillet 1981, avant la décennie noire, j'avais quatorze ans. Combien d'amis, de voisins, de connaissances tués depuis ? Rien ne m'a suivie rue Saint-Charles, ma première adresse à Paris. Je me tiens entre mes terres, m'agrippant aux fleurs et aux ronces de mes souvenirs. Seule la mer relie les deux continents. Ma mémoire est photographique. Elle restitue la couleur et le grain de peau des corps qui se baignaient au large de Cherchell. Je ferme les yeux et je traverse Oran, Annaba,

Tous les hommes désirent naturellement savoir

Constantine. Dans mes images rien n'a changé et rien ne changera.

Je pourrais tracer sans me tromper le plan exact de l'appartement d'Alger, le couloir et les chambres, le salon et la bibliothèque, les bandes de lumière qui striaient le carrelage et que je prenais pour des signaux lancés par les habitants d'une autre planète, rêvant qu'ils me choisissent et m'enlèvent.

Je suis son architecte et son archéologue.

J'assemble tout ce que je sais de ma famille comme j'assemblerais les morceaux d'un objet brisé pour le recomposer. Du désordre naît un ordre. Dans les silences se télescopent les échos du passé. Je veux savoir qui je suis, de quoi je suis constituée, ce que je peux espérer, remontant le fil de mon histoire aussi loin que je pourrai le remonter, traversant les mystères qui me hantent dans l'espoir de les élucider.

Je m'interroge souvent sur la personne que j'aurais pu être si j'étais restée en Algérie, sur celle que je serais si j'acceptais d'y retourner. Quand je dis « la personne », je pense à mon identité amoureuse.

Je cherche dans mon passé des preuves de mon homosexualité, des reliquats, mon enfance est

Tous les hommes désirent naturellement savoir

ainsi, orientée de cette façon, à la manière d'un astre ou du versant d'une montagne.

Paris s'ouvre à moi. Rue du Vieux-Colombier, le Katmandou, club réservé aux femmes dans les années quatre-vingt, est aujourd'hui devenu un théâtre. Les larmes et les disputes y étaient nombreuses. J'y ai appris la violence et la soumission. Il me suffit de fermer les yeux pour que ressurgisse le décor qui abritait mes nuits et de tendre la main pour saisir la main de celle que j'étais. Je n'ai pas perdu ma jeunesse, je viens d'elle et elle m'annonçait.

Devenir

Au Kat, j'ai dix-huit ans et je ne fais pas mon âge. Je vis rue Notre-Dame-des-Champs, seule. Mes parents sont installés dans l'un des émirats du Golfe persique. Quand je pense à eux, je les perçois derrière une nappe de brouillard, affairés, dans une vie qui n'est plus la mienne. Je les imagine dans leur maison entourée par les sables loin du centre de la ville, menacés par le désert. Quand le vent est violent, ma mère dit qu'elle entend les hélicoptères et les chars de Koweït City. Je ne sais pas si elle invente, si la guerre qu'elle évoque est aussi vraie que celle que je mène contre moi-même.

La première fois, au Kat, on me demande mes papiers puis je deviens une habituée. Je m'y rends le vendredi et le samedi, le mardi et parfois le jeudi. En semaine, l'endroit vide agrandit ma solitude. J'ai des fantasmes d'assassinat et de châtiment. Je crois devoir payer ce que je suis.

Les tables près du bar, le carré d'or, sont réservées aux actrices, aux call-girls, aux hommes qui les accompagnent. Ils sont discrets, épient les femmes qui dansent des slows sans les aborder, c'est la règle. Je cherche une main pour traverser ces champs de corps qui me sont étrangers, mais qui éprouvent un désir identique au mien : être aimés.

J'ai peur des femmes du Kat, elles ne me ressemblent pas et elles ne ressemblent pas aux femmes de mon enfance, leur douceur est enfouie sous des couches de colère ou alors elle est à nue, en danger, la nuit abîme, elle m'abîmera peut-être à mon tour.

Je crains de rencontrer l'une d'elles quand je descends le boulevard Saint-Germain, la rue de Rennes, quand je passe devant la porte du lieu qui m'aspire et que je quitte au petit matin en longeant les grilles du jardin du Luxembourg.

J'implore les arbres, les statues, les fontaines, je crois en la puissance de la beauté qui veille sur moi. Je mène une double vie, je ne l'évoque pas, je ne sais pas où elle me conduira, elle est couverte d'épines et d'orties.

Se souvenir

À Alger, la forêt d'eucalyptus est séparée du parc de notre immeuble par des fils de fer barbelés qu'il suffit d'écarter pour s'y introduire.
Les arbres sont des épées pointées vers le soleil. La nuit tombe sur ma peau, je sens la terre battre sous ma main, sous mon ventre quand je m'allonge, je sens son odeur d'ambre et de résine. Elle est un corps, un labyrinthe de nerfs et de vaisseaux.
On raconte que des hommes se retrouvent ici et se couchent dans les feuilles mortes. Ils viennent de la ville, des docks bien souvent. Ils se suivent sans se connaître puis s'étreignent, à l'abri des regards. On dit qu'ils laissent une part d'eux-mêmes dans la terre qui devient ainsi plus fertile. Ces hommes me semblent être au-dessus de tous les hommes. En rêve, je deviens eux, je remise la

Tous les hommes désirent naturellement savoir

part féminine de mon être, qui ne correspond pas à mes envies, aux chemins que je prends. J'épouse leurs mains, leur souffle. Je ne suis plus la fille. Je ne serai jamais la femme. Je suis l'enfant des hommes couchés.

Devenir

Au début je sors seule au Kat, je n'ai pas d'amies homosexuelles, je ne désire pas en avoir, j'évite tout lien en dehors du lieu, je ne donne ni mon numéro de téléphone ni mon vrai prénom, créant mon personnage, une sorte d'hologramme qui disparaît aussi vite qu'il est apparu ; si je pouvais effacer mes empreintes, je le ferais.

Je deviens paranoïaque, souvent je rêve d'une voix qui m'appelle au téléphone et dit : « Je sais qui tu es, je sais qui tu es. » Je suis terrifiée à l'idée d'avoir été démasquée, de mériter une punition.

Je paye mes entrées et mes consommations en liquide, je n'utilise pas ma carte de crédit ou mon chéquier, et quand je manque d'argent, je me rends au distributeur de billets puis reviens.

Tous les hommes désirent naturellement savoir

Je ne prends pas de sac à main, mes effets tiennent dans les poches de mes blousons ou de mes vestes, même quand il ne fait pas froid je les garde sur moi, évitant le vestiaire pour pouvoir partir plus vite si une bagarre éclate ou si la police arrive.

Se souvenir

Je n'oublie pas d'où je viens, les falaises de la route de la corniche, la palmeraie de Bou Saada, les sentiers de Chréa, les roseaux avant la plage, les néfliers que j'escaladais, me hissant au-dessus du monde, mes dents déchirant la chair des fruits sur leurs branches, envahie par un plaisir que je ne me lassais pas de chercher.

Je sais le trajet de la place d'Hydra jusqu'à la Résidence où nous habitions, l'immeuble Shell construit dans les années cinquante pour les pétroliers français de la compagnie Total.
Je sais les maisons, les rues qui montent, les virages, le plus grand avant l'ambassade de France, la guérite du gardien, les parpaings des parkings extérieurs, la cabine de l'ascenseur qui glissait le long d'un mur vert foncé avant d'atteindre l'étage, les escaliers en faux marbre,

Tous les hommes désirent naturellement savoir

la rampe en fer forgé noire, le carrelage au sol, les tapis qui le recouvraient, l'arc de cercle des bâtiments alignés en ordre croissant, inspirés de Le Corbusier.

Je ne sais plus le nom des rues, noms français puis arabisés vers le début des années quatre-vingt, celui des voisins, des familles, je garde la mémoire des matériaux, des formes, des couleurs, de tout ce qui reconstitue un décor sans ses habitants, la cité fantôme.

À Alger, ma famille m'apparaît comme une entité, unique et ramassée. Nous n'avons besoin de personne, nous nous suffisons à nous-mêmes, ma sœur dans sa chambre, ma mère sur le balcon, le chat à ses pieds, mon père classant ses dossiers. Les meubles et les objets sont à leur juste place, à l'image des êtres qui les utilisent.

Je traverse l'appartement comme si j'étais à l'intérieur d'un tableau ou de la tapisserie que l'on a fixée au mur du salon et qui représente des femmes lascives au bord d'une rivière, des angelots à leur côté, des fougères et des peupliers.

Je ressens dans ma chair le bonheur, ses ondes, je peux le quantifier, cela arrive quand nous sommes tous réunis.

Tous les hommes désirent naturellement savoir

Un tel bonheur ne peut être réel ou ne saurait durer, il faudra payer de sa personne pour en avoir profité.

Devenir

Je commence à écrire quand je commence à fréquenter le Kat.

Mes sorties nocturnes sont des épopées intérieures. Je sors seule, comme un homme. Je me crois libre, mais ce n'est pas ça la liberté : personne ne m'attend, personne ne m'espère. Je ne suis rien, j'en ai conscience et j'ai honte.

Au bar, assise, j'attends, c'est triste, j'accepte cette tristesse car dans ce lieu qui ne me plaît pas, je cherche quelque chose. Les mêmes chansons passent et repassent, rien ne varie de soir en soir, cela m'évoque la mort. Je regarde les femmes danser entre elles, seule ma solitude me choque.

Les mots réparent mes nuits à chercher ce que je ne trouve pas, l'amour et le souvenir de la beauté – les femmes allongées sur les rochers, les voix de ma mère et de ma sœur m'appelant depuis le sixième étage de la Résidence à Alger,

Tous les hommes désirent naturellement savoir

la légèreté parfois : nous passions plus de temps dans les criques et les rochers qu'en ville, le labyrinthe des peurs.

Mes premiers écrits inventent une femme seule et violentée. Sans en avoir conscience, je trace le portrait de ma mère.

Se souvenir

Ma mère rentre dans notre appartement d'Alger, la robe déchirée, des crachats dans les cheveux, des traces de suie sur la peau, elle couvre ses seins de ses mains pour les cacher, elle ne pleure pas, se dirige vers la salle de bains, nous demande de ne pas la suivre. Je ramasse ses chaussures et son sac renversé dans l'entrée. Je l'attends dans ma chambre, ma sœur m'y rejoint, je fabrique un avion en papier et le projette contre un mur.

Nous faisons comme si de rien n'était. Ma mère se lave, longtemps, frotte son corps pour faire disparaître l'empreinte des doigts qui l'ont touchée. Elle dit ensuite : « Un fou m'a attaquée. J'ai pu m'échapper. Je me suis réfugiée dans un magasin, il a voulu étrangler un enfant aussi, mais je n'en suis pas certaine. »

Tous les hommes désirent naturellement savoir

J'ouvre toutes les fenêtres de l'appartement, la peur s'envole loin de nous, la beauté de la nature entre et nous enveloppe : la cime des arbres, les nuages que le soleil traverse. Je prie le ciel pour qu'il répare cette vision que je nomme « la vision sale » en raison des pensées qu'elle engendre. J'imagine un homme-bête pendu au cou de ma mère, la dévorant. Je viens de ce tréfonds.

Plus tard, je m'infligerai le devoir de protéger toute femme du danger, même s'il n'existe pas.

Se souvenir

À Paris, l'immeuble de la rue Saint-Charles est au numéro 118. C'est un immeuble moderne de cinq étages, avec des balcons à croisillons. Ma mère l'a choisi en raison de la proximité de l'hôpital Boucicaut qui la rassure. Il comporte un salon avec une fenêtre large et coulissante, une seule chambre où l'on a installé une table sur tréteaux pour en faire mon bureau.

Je dors avec ma mère dans un lit collé au sien. La nuit, j'écoute *Boulevard de l'étrange* à la radio. Ma nouvelle situation à Paris me semble aussi surnaturelle que les histoires que j'entends.

Quand nous vivions à Alger et que mon père partait en mission à Washington, nous regardions toutes les trois avec ma sœur une série anglaise, *Angoisse*. Nous dormions ensuite ensemble dans le même lit, ma mère avait peur « qu'*ils* viennent avec des couteaux ».

Se souvenir

Dans les années quatre-vingt-dix, c'est la mort d'un médecin psychiatre qui marque le début de *ma* terreur algérienne.

Parce que je le connais. Parce qu'il a été assassiné dans son cabinet à l'hôpital Mustapha.

Je sais sa peau et ses cheveux roux, son rire et sa voix qui disait « À table les enfants » quand nous jouions dans le jardin des citronniers à « Je lance la balle contre la muraille, la balle tombe, un homme passe et la ramasse, la met dans sa poche et puis s'en va ». Je sais sa douceur quand un jour je lui ai raconté mon rêve d'une façade surgissant de la terre pour s'effondrer sur moi.

Parce que je protégeais son fils dans la cour de l'école d'Hydra.

Parce que sa femme française portait des jupes à plis et des chemisiers si fins qu'ils laissaient voir

Tous les hommes désirent naturellement savoir

sa peau parsemée de taches de rousseur ; chacune d'entre elles était l'impact d'un baiser donné – les baisers du docteur G.

Devenir

J'éprouve au Kat une forme de honte sociale. Une honte dont j'ai honte. Je côtoie des femmes étrangères à mon milieu, des ouvrières, des anciennes détenues, des prostituées. Nous nous mélangeons par fatalité, obligées par un dénominateur commun : notre orientation sexuelle.

Je souffre de ma propre homophobie. Je me méprise moi-même quand je me moque des couples de filles enlacés sur les banquettes, la piste de danse, dans la rue pour les plus courageuses. Je leur en veux de s'afficher ainsi. Elles risquent de me compromettre si je reste près d'elles.

Je suis jalouse de leur liberté. Je reste enfermée dans ma peur. Quand on me propose de me raccompagner en voiture, s'inquiétant de mon sort, je refuse, craignant que l'on retienne mon adresse, que l'on m'y attende le lendemain

Tous les hommes désirent naturellement savoir

et que l'on me dénonce auprès des étudiants de ma faculté qui ignorent mes « penchants », mon « inversion », mots d'une autre époque que j'utilise par provocation et parce que la temporalité du Kat n'est pas celle des années quatre-vingt que je traverse ; le temps s'est arrêté. Je préfère rentrer à pied, être suivie, c'est le prix à payer pour faire exister ce que je nomme ma « nature ».

Je fais l'expérience de la délinquance sans commettre de délit, ma présence assidue au Kat m'en convainc.

Seule l'écriture est innocente. Je la pratique avec une grande liberté ; je n'ai pas d'horaires, pas de contrainte, elle survient abrupte, sèche, invasive, et s'efface dès que je regagne la nuit.

Se souvenir

Quand mon père part en mission pour plusieurs semaines, nous laissant seules avec ma mère dans l'appartement de la Résidence, j'écoute « L'Été indien » de Joe Dassin : sa voix me rassure.

J'ai peur du vent dans les arbres, des ombres sur les murs de ma chambre, de ce qu'il y a dans ma tête, les images que j'invente, qui surviennent malgré moi, des monstres ou des écorchés, j'ai peur que ma mère étouffe pendant son sommeil et que ni moi ni ma sœur n'arrivions à la réanimer, j'ai peur que l'homme-bête ne revienne la blesser.

Je me sens coupable, mais j'ignore la nature de ma faute.

Devenir

Mes nuits changent quand j'intègre une bande, la bande d'Ely. Je me présente, pour être acceptée, comme celle qui écrit, avec un léger mépris.

Ely est blonde avec des cheveux courts, elle porte des tailleurs Chanel, des rangs de perle et des foulards Hermès, elle ne danse que sur les chansons de Bibi Flash et de Chagrin d'amour.

Ely boit du whisky, de la vodka, du rhum, tout ce qui l'enivre très vite, elle n'a pas de temps à perdre. Elle s'ennuie, rien ne l'amuse vraiment ou si peu, plus personne ne l'étonne, elle lit dans les âmes et les cœurs, elle connaît la vie et à vingt-cinq ans la mort est déjà pour elle une histoire réglée. Elle menace parfois de se suicider si elle ne trouve pas l'amour véritable d'ici la fin de l'année. Pourtant, l'amour, elle n'y croit pas.

Tous les hommes désirent naturellement savoir

Malgré sa folie, Ely me rassure. C'est à sa voix, si spéciale, que je la reconnais dans la nuit, cette forêt de femmes parmi lesquelles je me fraye un chemin pour la retrouver.

Se souvenir

Nous enregistrons ma sœur et moi nos voix sur une bande magnétique. Chaque cassette est annotée suivant son contenu. *Imitations* : Dalida, Sylvie Vartan, Marie Myriam à l'Eurovision. *Feuilletons* : *Les Aventures du colonel Irbicht, Le Divorce des parents, La Nuit des morts-vivants*. *Angoisse* : le vent dans les arbres, les cris des voisins qui se disputent. *Rien* : nos souffles.

Pour jouer, nous inventons une vie inspirée de la nôtre. Je tiens les seconds rôles, ma sœur étant l'aînée, mais comme je crie plus fort qu'elle, on n'entend que moi, saturant le son avec le timbre de ma voix dont j'ai abîmé les cordes vocales.

Nous égarons un jour nos cassettes, pourtant rangées dans un coffret spécial. J'imagine celui qui les a trouvées essayer de deviner qui nous sommes d'après nos histoires qui ne tiennent pas debout,

Tous les hommes désirent naturellement savoir

nos chants par-dessus le disque qui tourne sur la platine chrome de marque Hitachi.

Les années soixante-dix se détachent, elles sont bien plus qu'une époque. Elles sont un pays dont on ne revient pas.

Se souvenir

Les sentiers de la campagne, notre « coin » dit ma mère, la forêt dans laquelle nous nous enfonçons et dont je ne pense jamais revenir ou alors changée, traversée par les chants des djinns qui la hantent, l'oued sec, ce ventre de la nature où l'on pique-nique, craignant qu'un orage ne fasse monter les eaux et nous noie en une fraction de seconde.

Mon Algérie est poétique, hors réalité. Je n'ai jamais pu écrire sur les massacres. Je ne m'en donne pas le droit, moi, la fille de la Française, « *Ana khayif* » – j'ai peur.

Devenir

Je me demande si le Sida s'attrape entre filles, s'il passe par les mains, par la salive ou s'il meurt vite au contact de l'air. Personne n'évoque cette possibilité, par crainte, par ignorance, par gêne, je la garde à l'esprit comme une menace, un fantasme, une raison supplémentaire de m'inquiéter.

J'examine à la lampe torche et au miroir grossissant l'intérieur de ma bouche, mes muqueuses, ma peau, à la recherche d'une plaie, d'une tache, palpant mes aisselles, ma gorge.

Je cherche des documents concernant les modes de contamination, je lis tout, avec avidité.

Dans la communauté homosexuelle (j'aime ces deux mots, je leur appartiens plus qu'ils ne m'appartiennent), seuls les hommes sont touchés, décimés, hormis un couple de toxicomanes on ne

Tous les hommes désirent naturellement savoir

fait cas d'aucune femme homosexuelle atteinte par la maladie que l'on nomme le cancer gay.

En vérité, les femmes n'osent pas témoigner.

Savoir

Ma grand-mère algérienne appelait ma mère « la Suédoise » à cause de ses cheveux blonds, de son teint et de ses yeux clairs.

Lorsqu'elle l'a rencontrée, elle l'a serrée dans ses bras, ventre contre ventre, poitrine contre poitrine, elle l'a embrassée comme si c'était sa fille. Elle a caressé son visage, ses épaules, sa peau, elle lui a dit qu'elle était belle, très belle même et surtout très douce, ce qui est une qualité chez une femme, puis elle lui a demandé de ne plus porter de bikini à la plage quand elle s'y rendait avec des hommes, cela ne se fait pas en Algérie, il y a des règles à respecter, les rapports entre hommes et femmes s'organisent selon un ordre précis.

Les cousines de mon père, ses prétendantes déçues, auraient bien mangé ma mère avec du sel et du poivre, après l'avoir découpée au couteau.

Tous les hommes désirent naturellement savoir

Mon père a jeté les colis envoyés par la poste, des offrandes – du raisin, des fraises, des galettes, des fleurs coupées –, pour se protéger du mauvais sort. Il disait que certaines femmes roulent la graine du couscous avec une main de mort avant d'offrir la semoule à ceux qu'elles maudissent.

Il a déchiré les lettres aussi, car les mots des autres portent malheur.

Devenir

Le Kat est relié à mon premier désir d'écriture, comme si le désir des corps, assouvi ou non, la découverte d'un nouveau monde, l'acceptation et l'exploration d'une sexualité en dehors de la norme menaient au livre, à l'imaginaire, aux mots.

Je dresse un pont entre le lieu du Vieux-Colombier et le lieu du stylo, du papier, de la machine à écrire, je ne cesse d'accomplir des allers-retours entre les deux, de m'y abîmer et d'en réchapper.

Je ne sais lequel est le plus dangereux pour moi, si c'est le lieu de la vie en train de se faire, ou le lieu de la vie rapportée, écrite, parfois modifiée à mon avantage.

L'écriture agit comme un élixir, son geste m'apaise, me rend heureuse.

Savoir

Quand ma mère a rencontré mon père, le jeune Français musulman comme l'on nommait les Algériens avant 1962, à la faculté de droit et d'économie de Rennes, elle est devenue dans l'amphithéâtre « Khadija la Mouquère ».

Quand elle a annoncé son histoire à ses parents, elle est devenue l'intruse sommée de quitter la maison familiale du jardin du Thabor.

Quand elle est partie avec ses valises, son père sur le perron : « Tu fais tout ça contre moi. »

Quand elle est arrivée après l'indépendance en Algérie, elle a été aveuglée au sens premier du mot par la beauté. Elle a dû porter un foulard sur ses yeux après avoir traversé les gorges de Palestro, terre de combats que les fleurs avaient recouverte.

Quand elle a emménagé en 1963 au cinquième étage du petit appartement du Golf, le voisin de

Tous les hommes désirent naturellement savoir

palier lui a dit au sujet de ma sœur : « Je ne veux pas vous déranger, je voulais juste vous mettre en garde madame, je vois que vous avez un bébé, je suis gynécologue, veillez bien sur votre enfant, vous n'imaginez pas ce que je vois et ce que je répare. »

Se souvenir

Je perds mon accent algérien rue Saint-Charles. Je ne veux pas me faire remarquer au collège, parmi les élèves, j'ai déjà manqué la rentrée.

Le mois d'octobre suffit à ma métamorphose : je parle *droit*, j'attache mes cheveux, je porte des chemisiers et des pantalons en velours serrés, des chaussures cyclistes noires à lacets en cuir comme toutes les autres filles de ma classe.

Je ne réponds à aucune lettre de mes amis d'Alger, je ne les reverrai plus. Je déchire les photographies de ma dernière sortie scolaire aux ruines de Tipaza, puis de mon dernier été au Club des Pins, à Moretti, à Alger Plage.

Ma peine ne doit pas me ralentir. J'ai quatorze ans et je brûle mon passé.

Devenir

La bande d'Ely m'accepte tout de suite, je retrouve les filles avant de sortir au Kat, cela me rassure, il y a peu on m'a suivie à deux reprises, toujours le même homme, en pardessus avec un chapeau. Les murs de la ville m'écrasent.

Je lis que des hommes et des femmes tombent malades de ne pouvoir vivre leur homosexualité. C'est très dangereux de réprimer ses désirs. Cela peut conduire à la folie et à d'autres formes de violence. C'est comme si on détournait le sens du sang dans son corps, comme si on l'inversait.

Je pense à mon grand-oncle français qui a caché sa courte vie durant ses liaisons avec ses amants, des marins, dans la ville portuaire où il habitait avec sa femme et ses enfants. Je refuse de devenir comme lui, le secret finit toujours par se retourner contre son détenteur.

Tous les hommes désirent naturellement savoir

Ely nous reçoit chez elle dans le XIIIe arrondissement, elle vient d'acheter son appartement avec l'argent d'un héritage. Elle a perdu sa mère. Elle boit pour oublier ce qu'elle nomme sa tragédie personnelle. Chez elle nous sommes chez nous. Des filles restent dormir sur le canapé, sur le tapis.

Ely a peur de la nuit sans musique et sans lumières. Elle a peur d'être aspirée par les ténèbres et de ne jamais en revenir.

Se souvenir

En Algérie, j'ai plusieurs fantasmes de disparition : dans le champ de marguerites sauvages qui ont la taille de mon corps d'enfant et m'agrippent comme des plantes carnivores quand je m'y enfonce ; dans notre « coin » à la campagne : nous y avons découvert un jour, après des années de fréquentation, un puits caché sous les herbes hautes.

Quand nous parvenons au ravin de la Femme sauvage, je me penche à la vitre de la R16 noire de mon père pour surprendre, agrippée aux racines ou à genoux dans les pierres, celle qui existe sans apparaître : la légende du lieu. Je crois la voir un jour, avec ses cheveux longs couvrant ses seins. Je rêve d'y enfouir mon visage, de disparaître *en* elle.

Dans l'appartement de la Résidence, les pièces sont isolées les unes des autres par des portes à

Tous les hommes désirent naturellement savoir

soufflet que nous laissons ouvertes, dessinant une ligne de la bibliothèque au salon : c'est l'axe où ma sœur et moi invoquons les fantômes pour nous divertir.

Le réel nous effraie davantage que l'au-delà.

Devenir

Le réel est impossible pour Ely ; c'est pour cette raison qu'elle boit.

Ivre, elle fait du stop pour se rendre au Kat alors que nous marchons boulevard du Montparnasse. Un camion de police s'arrête, je refuse de monter, continuant à pied. J'attends Ely toute la nuit, inquiète. De retour chez moi, je suis sûre qu'elle a été violée par les agents puis séquestrée dans un commissariat. Elle ne répond pas au téléphone.

Le lendemain, elle m'appelle sans s'excuser : « On est allés dans un bar avec les policiers, je n'ai pas vu le temps passer. Tu connais le Tropicana ? Je t'y emmènerai. »

Se souvenir

Au volant de sa GS bleue, ma mère se fait arrêter par une bande de garçons. Ils ont tendu un fil en travers de la route, l'obligeant à descendre de sa voiture. L'un d'eux lui donne des coups de bâton, les autres, d'un seul geste, sans s'être concertés, baissent leur pantalon en criant : « Sale roumia ! »

Au cinéma Le Français, rue Didouche-Mourad, à la projection du *Bal des vampires*, nous devons quitter la salle. Un jeune homme m'a attrapée par les épaules, le cou, puis m'a léché l'oreille.
En sortant du cinéma, ma mère m'emmène au Drugstore, un magasin qui vient d'ouvrir dans le centre d'Alger, pour m'offrir un jouet censé me consoler.
Je choisis un squelette miniature.

Tous les hommes désirent naturellement savoir

Au souk El Fellah, un homme pose sa main sur le sexe de ma mère. Elle ne réagit pas. Elle s'avance vers les rayons du supermarché, comme si de rien n'était, peut-être parce que j'ai vu et qu'elle a honte.

Arrivée à la caisse : « J'ai appris à nier ce que l'on ne peut nommer. Sans mot rien n'existe, tu comprends ? »

Devenir

C'est un mardi soir, je suis au bar du Kat. Elle s'assied à une table, près de la piste. Une sorte d'*affaissement* se produit – affaissement de l'espace, de la lumière, de la musique, des femmes qui l'entourent. Elle prend tout, ou plutôt son corps prend tout. Cela va très vite. Je veux qu'elle soit mon début, comme la première scène d'un film ; je pense que sa peau, ses baisers me porteront chance, qu'elle sera un talisman.

Elle ne reste pas, je me sens abandonnée.

Elle s'appelle Julia. Je ne sais rien d'autre.

Se souvenir

Rue Saint-Charles, nous nous rendons trois à quatre fois par semaine au cinéma avec ma mère. Elle dit que le cinéma est plus fort que la vie car il s'en inspire en la transcendant. J'ignore la signification du mot, peut-être a-t-il un lien avec le tranchant des lames de rasoir.

Sur le formulaire que me demande de remplir la conseillère d'orientation du collège Keller, à la question « Que désirez-vous exercer comme métier plus tard ? », je réponds : « Réalisatrice. » En parcourant mon dossier, à cause de mon nom de famille elle me demande : « Ça parle français à la maison ? »

Je ne me sens pas en exil rue Saint-Charles, je dois me réapproprier ma nationalité française, comme si je ne l'avais pas utilisée en Algérie, n'évoluant qu'à l'intérieur de la nature, mon seul espace, ne croyant qu'en la cime des arbres et aux

Tous les hommes désirent naturellement savoir

reflets de la Méditerranée, mangeant des fleurs et m'endormant dans les champs de coquelicots.

La France c'est le vêtement que je porte, l'Algérie c'est ma peau livrée au soleil et aux tempêtes.

Se souvenir

Ma mère, au sujet de l'Algérie : « Je n'en peux plus de ce pays », comme si elle évoquait un amour qui s'achève, un désir qui disparaît.

Le vent fait claquer les portes et les fenêtres quand nous oublions de les fermer, il fait plier les eucalyptus de la forêt de l'ambassade de France dont nous partageons les jardins, et sous les préaux, ma mère dit : « Je vais m'envoler. » J'imagine que c'est son désir – nous quitter par le ciel.

Sur mon bureau j'installe une lampe de chevet, une rame de papier, des crayons et des stylos, je porte une chemise blanche, une cravate de mon père qu'il me laisse choisir le samedi soir, jour de fête, puis le jeudi quand le pays se met à suivre le calendrier musulman.

J'aligne des mots les uns à la suite des autres, je joue à l'écrivain, qui, à mes yeux, est toujours un homme.

Devenir

Ely ne me demande jamais de l'embrasser, je ne lui plais pas. « Les Arabes ce n'est pas mon truc, je sais qu'il y en a qui adorent, pas moi, et puis vous avez cette peau dorée l'été, mais un peu verdâtre l'hiver, non ? »

Ely connaît toutes les filles, il suffit de lui demander un nom, un prénom, une adresse, elle livre les informations dans la minute et quand sa mémoire lui fait défaut, elle parvient à récupérer le renseignement qui lui manque, interrogeant ses *indics*, nul ne lui résiste.

Ses connaissances se divisent en deux catégories : celles avec qui elle a passé une nuit ou plus, celles avec qui elle s'est battue, les deux catégories se confondant parfois pour la même personne.

J'obtiens sans trop insister l'adresse de Julia. Ely me conseille de rester sur mes gardes : « Elle n'est pas pour toi. »

Se souvenir

J'épie ma mère, sa vie m'apparaît parfois comme une énigme qu'il me faut résoudre pour éclairer et comprendre la mienne.

Dans l'appartement d'Alger il y a plusieurs balcons en dalles rouges, ma mère a installé une chaise longue sur celui qui prolonge la chambre parentale, il est plus large que ceux du reste de l'appartement et protégé du vis-à-vis par une rangée de roseaux, mais elle n'y prend jamais le soleil nue ou en maillot de bain : elle reste habillée pour lire, par respect.
Elle tient ses romans contre elle, il ne faut pas la déranger. Quand elle ferme les yeux, j'ai l'impression qu'ils s'endorment ensemble, chair contre chair, que les livres sont vivants.
Elle lit Yves Navarre, Jean-Louis Bory, Wilhelm Reich. Elle corne les pages, souligne des passages,

Tous les hommes désirent naturellement savoir

« casse » ses livres, ouvre la tranche comme l'on ouvre un corps, des jambes. Elle les possède, les relit, les cite de mémoire, les collectionne.

Ils mangent l'espace de l'appartement, la bibliothèque, la chambre, la cuisine parfois. Elle ne les oublie jamais, ne les prête pas, elle les donne comme s'ils étaient une parcelle de sa peau.

Parfois, son amie Andréa vient avec une bouteille de vin. Elles fument des cigarettes, des Dunhill paquet rouge, des Kool au menthol selon les *arrivages*, en écoutant Joan Baez. Andréa fait partie des Black Panthers, c'est un secret qu'il ne faut pas trahir, je crois comprendre que c'est illégal.

Les hommes – mon père, le mari d'Andréa – les rejoignent tard dans la soirée, quand le soleil a disparu et que le vent s'enroule aux branches des eucalyptus.

J'entends leurs voix qui se mêlent à celles des deux révolutionnaires. Je crois qu'un complot se trame, que nous vivons dangereusement, je m'invente un film : je suis américaine.

Se souvenir

Il y a une enfance homosexuelle. Cette enfance est la mienne. Elle ne répond à rien. Elle ne s'explique pas. Elle est.

Il y a une histoire de l'homosexualité, des racines et un territoire. Elle ne vient pas du désir, du choix, elle *est*, comme on pourrait le dire de la composition du sang, de la couleur de la peau, de la taille du corps, de la texture des cheveux. Je la vois organique, cela me plaît de l'envisager ainsi. L'enfant homosexuel n'est pas l'être raté, il est l'être différent, hors norme et à l'intérieur de sa norme à lui, dont il ne comprendra que plus tard qu'elle le distingue des autres, le condamnant au secret, à la honte.

Je trouve ma place dans ma famille, je suis l'être dont il ne faut pas dévier le sens du chemin qu'il prend, je suis l'artiste, j'ai le droit de me déguiser, de me travestir, de jeter mes robes, de

Tous les hommes désirent naturellement savoir

ne pas me nourrir, de plonger dans les tourbillons de la mer agitée, de menacer de sauter du balcon quand je ressens de l'injustice à mon égard – bien souvent la sévérité de mon père.

Je souffre de crises de fièvre deux fois par an, sans raison : la fièvre de l'esprit fou.

À l'école primaire du petit Hydra, je surprends deux surveillantes, dans la cour de récréation, dire à mon sujet : « Le pire, c'est que les parents savent et qu'ils ne font rien. »

Se souvenir

Mon père trouve chez un antiquaire le portrait d'une jeune bergère peint sur un morceau de carton si usé qu'on ne peut distinguer la signature de l'auteur. Ma mère le fait encadrer, persuadée de détenir l'œuvre d'un peintre orientaliste.

La petite bergère porte une robe kabyle à motifs bleus et rouges, des bracelets à chaque poignet, elle a les cheveux bouclés, des yeux si doux que l'on a envie de pleurer si on les regarde pendant trop longtemps, entraînés vers le fond de son âme.

« Je l'ai acheté parce qu'elle a l'air aussi fragile que toi », dit mon père.

Savoir

Quand mon père a rencontré ma mère à Rennes, mon grand-père français a ordonné une enquête auprès du préfet dont il était proche.

Mon père était suivi par un policier en civil, le matin dès qu'il sortait de la cité universitaire où il vivait, le soir quand il quittait la fac ou la bibliothèque.

Mon grand-père voulait savoir si mon père était un militant politique, s'il endoctrinait ma mère. Faute de preuves, il a pris rendez-vous avec le doyen, l'a supplié de renvoyer le jeune homme vers son pays d'origine.

On a demandé à mon grand-père de quitter les lieux avant qu'un vigile n'arrive et que l'on en vienne aux poings.

Se souvenir

Ma mère : « Je me suis mariée à la mairie de Rennes sans prévenir mes parents, j'attendais ta sœur ; nous sommes allés ensuite dans une brasserie fêter l'événement. Quand je regarde les photographies je trouve que j'ai l'air triste, il y a plus d'hommes que de femmes autour de la table, personne ne boit de vin. Je me souviens de ces étudiants algériens qui, une fois rentrés au pays, changeaient de comportement avec leurs épouses françaises, les forçant à rester à la maison. Ton père n'a jamais été comme ça, c'était plutôt moi qui exigeais qu'il reste davantage avec nous – le pigeon voyageur. »

Devenir

Les soirées chez Ely sont les antichambres du Kat. On se prépare chez elle. On se prépare, en buvant, à l'attente, à la fausse joie, à la déception, aux folies de la nuit, à la brutalité du jour qui nous fera dire « on s'est menti, rentrons chez nous », cassés de fatigue et d'alcool.

Un flacon de Poppers circule, Ely affirme que ça grille les cellules à la vitesse de la lumière. Un homme nous rejoint parfois chez elle, il a la cinquantaine, nous l'appelons l'Antiquaire, je ne crois pas qu'il exerce ce métier, je ne demande pas, il fait souteneur. La nuit se prête au simulacre.

Lorsqu'on arrive au Kat, je cherche cette fille, Julia, que je n'ai vue qu'une fois, je l'attends, des heures, je *fixe* sur elle, comme sur une image, un rêve, en tout cas elle n'existe pas vraiment, dans

Tous les hommes désirent naturellement savoir

le sens où elle ignore qui je suis et ce que je veux d'elle.

Au fur et à mesure que le temps passe, le visage de Julia se mélange aux visages de toutes les femmes du Kat, prenant une part de la carnation de chacune, grain, couleur, texture, pour former un visage parfait, celui de mon fantasme.

Je suis déçue quand je rentre chez moi sans l'avoir vue, je lui en veux presque.

J'ai noté son adresse que m'a donnée Ely : 54, rue de la Roquette. L'idée de traverser la Seine est vertigineuse ; d'un rien, je fais une aventure.

Se souvenir

La peintre Baya est une amie de ma mère. Elle est grande, très maigre, ses mains sont fines comme les pinceaux qu'elle tient pour tracer ses femmes aux cithares, aux oiseaux, aux poissons, dont les robes fleuries se soulèvent dans mon imagination avec le vent qui s'engouffre dans le patio de sa maison de Blida où nous lui rendons visite, une fois par mois.

Elle presse des citrons dans sa cuisine et nous fait patienter au salon avant de nous dévoiler ses dernières toiles.

Je l'imagine mêler au jus quelques gouttes de son sang pour contaminer le mien, pour que son don se propage en moi.

Se souvenir

Dans l'appartement d'Alger, *la chambre de l'ouragan*, comme nous l'appelons avec ma sœur, recèle tous les secrets. Son mur est traversé de jalousies qui laissent passer l'air et la lumière. Les draps sur le fil sentent la lessive et le parfum d'Ourdhia, la femme qui nous garde. Elle enduit son corps de musc après son bain, accroupie dans le lavoir. Elle dénoue sa natte, laisse tomber dans son dos ses cheveux teints au henné. Quand je la surprends nue, elle pince la peau de ses hanches, de son ventre, me regarde et dit en riant : « Regarde-moi ces seins, ce sont des chiffons. »

Devenir

Il y a dans la bande d'Ely un couple étrange : Lizz et Laurence. Elles vivent ensemble dans une tour du quartier chinois, ne s'embrassent pas en public, sont discrètes, gênées par ce qu'elles sont, par ce qu'elles représentent – la force et la faiblesse.

Elles regardent, écoutent les autres sans un mot, enfermées dans leur nuage, quittent la table pour aller danser sur « Kiss » de Prince.

Sur la piste, leurs corps semblent cassés.

Laurence a un regard perdu qui ne s'arrête ni sur les filles du Kat, ni sur les invités quand nous nous attardons chez Ely. Elle n'assume pas sa beauté, qu'elle abîme sans discontinuer, n'accordant aucun repos à son corps qu'il est impossible de ne pas désirer.

Dépendante de Lizz qui mène leur histoire sans douceur ni précaution – ce bruit court à

Tous les hommes désirent naturellement savoir

leur sujet –, Laurence prend du speed, des exta, de la poudre, des cachets pour redescendre, des cachets pour remonter, en parle comme si elle était dealer ou pharmacienne.

Se souvenir

J'ai besoin de m'affranchir du couple que nous formons malgré nous, ma mère et moi, rue Saint-Charles.

Je me rends au Trocadéro, à la patinoire du Montparnasse, à La Main Jaune, porte de Champerret. Le temps *extrait* du temps de ma mère – appartement, petit déjeuner, déjeuner, dîner, conversations dans le salon, endormissement, réveil, partage des tâches et des peines parfois, courses au Monoprix, cinéma, promenades – est un temps volé, un couloir hors enfance.

Je m'affranchis, non sans risque. Je me casse la clavicule contre la balustrade de la patinoire. Seule dans le bus qui me ramène rue Saint-Charles, je tiens mon bras droit désolidarisé du reste de mon corps à l'instar des mannequins en kit dont on défait les membres pour

Tous les hommes désirent naturellement savoir

les ranger dans un placard quand ils ne servent plus à rien.
Je me suis punie d'avoir abandonné ma mère.

Se souvenir

Une rumeur court à Alger à la fin de l'année 1979 : une brigade patrouille pour savoir qui célèbre Noël, une liste circule, établie grâce aux dénonciations. On se débarrasse, hors de la ville, après la fête, des sapins, cachés dans le coffre de la voiture comme les cadavres des films policiers.

De plus en plus de femmes dans les rues d'Alger portent le *hijab*, on les appelle les Iraniennes. Les plus âgées gardent le voile blanc, traditionnel, qui se soulève avec le vent, révélant la peau, le corps et la beauté.

Ourdhia, elle, ne se couvre pas dans la rue, ne cède pas, n'a pas peur des remarques, des insultes.

J'enfouis mon visage dans son cou quand elle me prend dans ses bras et embrasse mes yeux, « *Ya waladi, ya waladi* » (oh mon enfant, mon

Tous les hommes désirent naturellement savoir

enfant). Elle me rassure. Ourdhia a la force des femmes qui n'ont pas peur de la violence des hommes.

Elle vit seule avec son fils, ce qui est mal vu dans son quartier. Elle raconte que son mari a rejoint l'armée qui plante une barrière végétale dans le Sahel pour faire reculer le désert. C'est une histoire pour son fils, je sais qu'il la battait et qu'elle s'est enfuie de Sétif où ils habitaient.

Ourdhia est croyante. Elle dit qu'elle n'a pas besoin de cacher sa peau, ses cheveux, pour être une femme pieuse, que la religion ce n'est pas ça, pas que ça en tout cas, la religion c'est la bonté et le pardon, avant tout. Et la morale aussi : ne pas voler, ne pas tuer, mentir on peut un peu, surtout les enfants, à condition de s'excuser après.

Je la regarde prier sans qu'elle me voie, à genoux sur son tapis, les mains levées, je ressens sa ferveur que je lui envie, elle embrasse un monde que je ne connais pas, qui me semble plus doux que le mien.

Je cherche d'autres directions que celles que l'on m'assigne. Ma mère, elle, évoque la mort comme une délivrance – après, il n'y aura plus rien.

Devenir

En rentrant du Kat, j'écris pour me faire pardonner mon homosexualité et pour me faire aimer.

Je rêve de livres-remparts et de reconnaissance.

Il me faudra des années pour déconstruire l'idée fausse que les mots protègent, réparent ou rendent meilleurs.

Se souvenir

Lorsque nous leur rendons visite à Rennes, nos grands-parents chirurgiens-dentistes *vérifient* nos dents ; mon grand-père s'occupe de mes *quenottes*, ma grand-mère du cas de ma sœur qu'elle trouve compliqué : « De si belles dents si mal soignées là-bas. » Par *là-bas,* il faut entendre : la contrée lointaine et sauvage, les arriérés, notre pays qui n'est pas à la hauteur du leur, les étrangers que nous demeurons.

Les amandiers en fleurs, les brassées de mimosas, les criques de Cherchell, de Bérard, les massifs de l'Atlas, les vagues de dunes sur la route de Timimoun, la beauté dense, insaisissable, éternelle de *là-bas* fait mentir ma grand-mère. Elle ne sait rien, ne connaît rien.

Nous faisons des examens de sang, d'urine, des tests de réflexes, nous sommes pesées, mesurées, palpées, regardées, il faut trouver, ils trouveront.

Tous les hommes désirent naturellement savoir

Je marche nue devant un médecin pour que l'on s'assure du bon maintien de mon dos, du bon tracé de ma colonne vertébrale, du bon fonctionnement de mes genoux, de la bonne souplesse de ma voûte plantaire – le petit cheval.

Devenir

Ely veut écrire, elle a trouvé le titre de son livre : *Déboires d'une alcoolique.* Elle me téléphone en début d'après-midi, quand elle est seule, elle déteste le silence, elle a besoin de parler, je n'interromps jamais le fleuve.

Sa mère lui manque, elle regrette de ne pas l'avoir embrassée sur son lit de mort, craignant qu'elle ne se réveille et ne lui rende son baiser – l'étreinte de Satan. Ely dit : « À présent que j'ai un toit sur la tête, je bois le reste de mon héritage, je l'épuiserai jusqu'à la dernière goutte pour épuiser mes angoisses et qu'elles disparaissent à tout jamais. »

Elle n'est pas inscrite à l'université, ne travaille pas, j'ai peur que sa paresse ne me contamine, quand je manque les cours à Assas je me donne bonne conscience : j'ai un roman à écrire, ma nouvelle vie d'homosexuelle (je la nomme ainsi

Tous les hommes désirent naturellement savoir

pour m'accepter, m'affirmer) à organiser, elle me prend du temps, je me promets d'avancer, de *vivre* quelque chose.

Je cherche la meilleure façon d'aborder Julia si je devais la revoir, jouant la scène dans le miroir de ma salle de bains, tout en sachant que ma timidité ruinera le plan que je prépare. J'envisage de lui écrire une lettre puisque j'ai son adresse, puis je change d'avis, craignant que l'on ouvre mon courrier durant mon absence, le facteur, un voisin, la concierge, si elle me répondait.

Quand Ely me propose de venir prendre un thé chez elle, je décline, je ne désire pas me lier davantage, ses excès m'effraient, j'ai des limites qu'elle n'aura jamais. Ely a mauvaise réputation, je ne veux pas qu'elle ruine la mienne même si personne ne me situe encore, je fréquente la bande à mi-temps, honorant une invitation sur deux, disparaissant plusieurs jours quand j'assiste à une bagarre de trop.

Je n'appartiens à personne.

Se souvenir

Il y a à Alger, dans le parc de la Résidence, une centrale électrique cachée à l'entrée d'un chemin de terre qui mène à une plateforme que nous appelons « la terrasse » en raison de sa forme carrée, de sa pierre lisse exposée au soleil, des feuillages qui l'encerclent.

Des garçons et des filles s'y retrouvent, allongés les uns par-dessus les autres comme des alligators, ils se nourrissent de l'énergie du soleil, de la chaleur de la pierre.

On dit que les câbles de la centrale passent sous la terrasse, envoyant un influx électrique indolore, mais dont on perçoit la vibration. Il change le sang, le fortifie.

J'y surprends ma sœur.

Cachée derrière les feuillages, j'assiste à sa mutation qui la délivre de notre enfance. Je l'envie.

Se souvenir

Tout est étrange en Algérie, à cause de la guerre et du sang versé sur les terres, dans les champs, dans les travées de vestiges romains qui surplombent la mer. La violence y est inscrite, éternelle.

Ma mère dit que l'Algérie est un pays maudit et que pour cette raison elle l'aime tout autant qu'elle le déteste.

Elle a trouvé sa façon de l'aimer et de s'y sentir en sécurité : fuir la ville. Elle dit que les gens du Sud sont plus doux, que les Touaregs ont tant à nous apprendre.

Elle prépare nos voyages, mon père téléphone aux maires de chaque *wilaya* où elle désire s'arrêter ; il tente de la dissuader de prendre sa GS, suggère de lui préférer l'avion.

Nous partons ma mère, ma sœur et moi, avec des amis, souvent les mêmes, un couple, Henri,

Tous les hommes désirent naturellement savoir

attaché culturel au Centre français, son épouse italienne Paola, leur fils Giovanni, ainsi qu'Ali et sa mère.

Je connais Ali depuis l'école primaire, il habite une villa en contrebas de la Résidence. Il est mon double et moi le sien – même si nous nous énervons d'être des doubles imparfaits –, nous avons tendance à nous fusionner en un seul être, ce qui inquiète sa mère : elle craint qu'Ali ne devienne homosexuel à mon contact.

Mon père supervise nos périples, puis s'envole vers le continent nord-américain et le Venezuela. Nous ne connaissons ni le nom de son hôtel ni la date de son retour – le couple que forment mes parents *marche* ainsi : au mystère.

Se souvenir

« On ne sait jamais de quoi sont faits l'amour, les êtres, personne ne connaît vraiment l'autre, on est toujours surpris en bien ou en mal, c'est ça la vérité : quand le réel devient plus fort que le lien, que le désir, que l'hypnose amoureuse. Il faut savoir l'accepter, la vie n'est pas un rêve, nous ne sommes pas sur terre pour avoir sans cesse du plaisir, la part qui pèse est supérieure à la légèreté », répond ma mère quand je l'interroge sur sa définition du bonheur.

Se souvenir

Je reconnais l'écriture de ma grand-mère française sur l'enveloppe quand j'ouvre la boîte aux lettres. Elle utilise toujours la même encre, bleu indigo, que je retrouve sur les chèques qu'elle nous adresse pour Noël et nos anniversaires quand nous les passons hors de France.

Ma mère lit la lettre à voix haute.

Ma grand-mère raconte la maison de vacances qu'elle vient d'acquérir, les marées d'équinoxe, ses promenades avec son teckel au bord des vagues, les falaises de La Varde, les jours de travail qui l'accablent de plus en plus, elle veut prendre sa retraite, elle a mal aux jambes, aux genoux, aux poignets ; passer sa vie dans la bouche des gens n'est pas une vie.

Parfois elle glisse un billet de cent francs dans l'enveloppe, même si elle sait que le dinar n'est pas convertible.

Tous les hommes désirent naturellement savoir

Ma grand-mère aime ma mère à sa façon, comme un enfant dont on se tient éloigné parce que l'on ne le comprend plus. Elle se dit prête à intervenir dès que sa fille aura le désir de quitter ce pays qui, elle en est certaine, ne la rend pas heureuse.

Ma grand-mère n'a pas accepté mon père, n'en explique pas la raison, la vraie raison, c'est comme ça, c'est physique, culturel aussi, « Pourquoi ne pas avoir épousé un garçon de chez nous ? ». Alger est trop loin pour elle, les rares fois où elle vient elle se sent mal à l'aise, en tant que femme, en tant que Française. « Ici la misère n'est pas belle », dit-elle.

Elle a peur pour nous, ses deux petites-filles, elle est convaincue que nous avons des problèmes de croissance, en raison de la chaleur et de notre alimentation.

Je trouve difficile de construire un arbre d'amour, comme on le dit d'un arbre généalogique. Les branches ne fleurissent pas et quand il y a des fleurs, elles n'appartiennent pas aux branches qui les ont portées, comme si elles avaient migré, éclos sur un autre rameau ou au sol.

C'est ce que je ressens avec ma famille française, ça ne prend pas, ça ne prendra jamais,

Tous les hommes désirent naturellement savoir

ça me met mal à l'aise, c'est comme être à côté de soi, comme si je ne pouvais pas m'aimer en entier.

J'éprouve cela aussi avec ma famille algérienne. Je ne la connais pas très bien, ils vivent à quatre cents kilomètres d'Alger, il faut prendre la route de la corniche vers la petite Kabylie, à l'Est. Ma grand-mère algérienne ne parle pas français, je ne parle pas arabe, seule sa douceur nous lie, ses mains dans les miennes, dans mes cheveux, sur mes épaules, ses baisers sur mon front, ses sourires ; mais cette douceur m'échappe, j'ignore ce qu'elle signifie, si c'est de l'amour ou une excuse de ne pas être comme nous, de ne pas vouloir le devenir.

Nous sommes si différents.

Devenir

Je me rends dans le quartier de Julia à Bastille. Dans le métro je cherche une fille ou un garçon comme moi ; je ne trouve pas.

Il faudra m'habituer à cette nouvelle solitude : être différente des autres. Je ne sais pas si je vais supporter de devoir me cacher, mentir, la fragilité que cela engendre. On peut devenir fou de ça – la double vie.

Je pense à Laurence, elle s'abîme à cause de son homosexualité et nous nous abîmons toutes à notre façon pour la même raison, mes drogues sont la peur, l'angoisse et la mauvaise image que j'ai de moi, je ne m'aime pas, je n'ai plus honte, mais je ne m'aime pas, ça reste et je me demande comment procéder pour m'aimer un peu plus, pour me faire confiance, c'est ça le plus dur, me faire confiance, reconnaître ma valeur, elle n'est peut-être pas immense cette valeur, mais j'en ai

Tous les hommes désirent naturellement savoir

une, je le sais. Une autre me donnera-t-elle, par son désir, ce qui me fait défaut ?

Rue de la Roquette, je cherche. Toutes les femmes lui ressemblent ; à chaque fois, mon cœur bat plus vite, mais ce n'est jamais elle.

L'image de ma mère se superpose à celle de Julia avant de se dissiper – je lui fais mes adieux. Je me sens triste, j'ai peur d'un mauvais présage. Je me punis, encore. Je passe devant le numéro 54 de la rue de la Roquette sans m'arrêter. Je marche jusqu'au cimetière du Père-Lachaise.

Je dois quitter mon enfance pour exister.

Savoir

Mon père est arrivé à Marseille par cargo à la fin des années cinquante, il a rejoint Toulouse par bus, a pris un train jusqu'à Paris puis Vannes où il a passé un an à l'internat avant d'obtenir son baccalauréat – il était sérieux, premier de sa classe, pourtant il ne partait pas favori ; il s'est adapté, a survécu, aujourd'hui encore il n'oublie pas, ni le voyage, ni le froid, ni ce qu'il y avait dans sa valise – un seul costume, trois chemises blanches –, ni l'histoire qu'on lui a rapportée à la fin de la guerre : « Ton frère est mort au maquis, son corps n'a pas été retrouvé, un de ses compagnons a réussi à atteindre la Tunisie, il a tenu sa promesse. Ton frère lui avait dit que tu aimais le chanteur Mohamed Abdel Wahab. Il a appelé Radio Tunis pour te faire une dédicace au nom de celui qui t'aimait plus que tout. Que Dieu le prenne entre ses bras. »

Se souvenir

Je descends avec mon père, main dans la main, place d'Hydra, je porte un bas de survêtement avec un débardeur blanc et des claquettes.

On me laisse m'habiller comme je l'entends. Mes idoles sont les garçons d'Alger qui fabriquent des planches à roulettes et s'accrochent aux voitures, aux trolleybus, ils sont libres, beaux, musclés, ce sont mes frères déchaînés, je rêve de les rejoindre dans leurs jeux dangereux.

Ce sont eux qui insultent ma mère, s'exhibent devant elle, la désirent. J'ai leur violence, mais je la dirige contre moi.

Je fais avec mon père le tour des commerçants, le boucher, l'épicier, le boulanger, le fleuriste. Ils passent leur main dans mes cheveux courts, pour me saluer, m'accepter, je le comprends ainsi.

Tous les hommes désirent naturellement savoir

Je me serre contre mon père, je suis parmi les hommes, l'un d'entre eux, et je suis l'homme, le fils de mon père.

Se souvenir

Nous avions choisi sa robe ensemble lors d'un séjour à Paris, au surplus Emmanuelle Khanh, rue Pierre-Lescot. Il n'y avait pas de cabine d'essayage, je tenais son sac, les vêtements qu'elle me tendait. Elle s'était changée derrière un portant.

La robe était jaune avec des petits cœurs rouges et noirs, décolletée. Quand elle s'était vue dans le reflet du miroir, ma mère avait dit : « Je la prends car on dirait une robe de fiancée. »

Nous n'avons pas le droit de parler de son agression, c'est fermé, comme une pièce secrète dont elle garde la clé cachée.

Je me demande quel être dans la ville peut avoir des ongles aussi longs pour lacérer un tissu de cette façon.

Se souvenir

Avec Ali nous sommes frère et sœur de violence. Nous sommes dangereux pour les autres et pour nous.

Il *monte* chez moi ou je *descends* chez lui, nous avons notre géographie, celle de nos corps qui s'attirent ou se repoussent quand les tensions sont supérieures au plaisir que nous éprouvons à nous retrouver, à être ensemble, à inventer un seul personnage fait de nous deux, mi-féminin, mi-masculin.

Nous nous voyons des week-ends entiers quand ma sœur dort chez ses amies, m'excluant de son cercle en raison de notre différence d'âge. Je ne remplace pas ma sœur par Ali, je l'attends avec lui, m'inquiétant pour elle quand elle rentre en larmes et s'enferme dans sa chambre pour écouter Serge Reggiani ou Léo Ferré, elle ne partage pas

Tous les hommes désirent naturellement savoir

ses chagrins tandis qu'avec Ali nous partageons nos colères, nos excès.

Nous traversons le parc de la Résidence comme deux fous à la recherche du feu, inventant dans nos chambres, chez lui, chez moi, des potions magiques pour tuer nos ennemis, ils sont nombreux, nous craignons que l'un d'eux ne vienne détruire notre couple maléfique, puissant, hors norme.

Notre énergie est sexuelle et non amoureuse, nos corps se tendent, se battent, se retrouvent, sans désir l'un pour l'autre, mais comme des siamois puisant leur force l'un de l'autre pour ravir ensemble une proie imaginaire.

Nous sommes des enfants, nous nous inventons des femmes, des histoires, des rencontres et des ruptures.

Ali ne me demande pas pourquoi je parle de moi au masculin, c'est normal et ça explique notre amitié. Je ne suis pas une fille ou pas une fille comme les autres, c'est le garçon en moi qui l'attire, lui qui achève toujours sa journée en pleurant.

Je le surnomme ma « rivière », essuyant ses larmes avec ma main droite qui l'a étranglé quelques minutes plus tôt.

Nous sommes envahis l'un par l'autre, ma sœur parfois capture la voix d'Ali sur son magnétophone,

Tous les hommes désirent naturellement savoir

c'est elle surtout qui me manquera quand nous égarerons notre coffret à cassettes.

Ali est le témoin, le premier, de ma nature – ma plante carnivore.

Savoir

Ma mère est née avant la Seconde Guerre mondiale, elle a connu les bombardements ; je l'admire aussi pour cette raison.

J'imagine le ciel sombre d'avions, mais ça ne s'est pas passé comme ça dit ma mère, on ne voyait pas les avions au début, on les entendait se rapprocher puis ils jaillissaient et ça pleuvait sur la ville.

Dès que la sirène retentissait, il fallait descendre à l'abri. C'était son moment préféré, un jeu. Elle se retrouvait sous la terre, avec les voisins de la rue d'Antrain, ses parents, son frère et ses deux sœurs, comme dans une cabane. Il y a une magie à croire que c'est le dernier soir, une flamboyance à éprouver la fragilité des choses et des liens.

La guerre a marqué la fin de son enfance.

Tous les hommes désirent naturellement savoir

Quand les bombes se sont écrasées non loin du bâtiment et ont fait trembler les murs de la cave où ils étaient réfugiés, elle a aimé sa famille comme jamais elle ne l'avait aimée.

Son père, à cette époque, était différent, il était plus doux, plus attentif. C'était le temps du héros. Un jour, il a fait un rêve prémonitoire : une explosion détruisait leur maison.

Quand leur maison a été détruite, ils venaient d'arriver à la campagne. La ferme où ils ont trouvé refuge, c'était le paradis, à cause des animaux dont ma mère s'occupait. Ils étaient plus dociles que les humains. C'était le bonheur comme elle ne l'avait jamais ressenti, et comme elle le retrouverait en Algérie, dans le désert, au fil des traversées, dans les villages, les nuits aux campements, au cœur de la vie sauvage.

Son père a décidé qu'ils resteraient jusqu'à la fin de la guerre dans cette ferme dont il était propriétaire. Il louait ses terres aux paysans, avait bâti un empire à la sueur de son front, c'était son expression préférée.

Il venait les voir une fois par semaine, en voiture ou à moto. Il possédait cinq cabinets dentaires dans la région, dont un « ambulant » tracté. Rien ne l'arrêtait, il voulait « soigner », « amasser » disait ma mère quand elle était en

Tous les hommes désirent naturellement savoir

colère contre ce père qui travaillait trop et ne l'aimait pas assez.

À la campagne, c'était la fin des tickets de rationnement et des privations.

Ma mère imaginait sa ville sous les cendres.

Elle préférait, de loin, sa nouvelle vie.

Se souvenir

Dans ma nouvelle vie, chaque jour je traverse le centre commercial de Beaugrenelle que je compare à un vaisseau. Je cours sur le parvis, à l'extérieur, entre les tours de béton.

Je suis à la recherche de ma jeunesse qui recommence à zéro, sans la lumière si spéciale d'Alger qui m'éclairait. Je l'ai perdue et je me perds.

Au collège, on m'a vite acceptée, malgré ma différence que je ne réussis pas à effacer. Elle est plus grande que je ne le croyais. Je dois émettre des ondes étrangères à celles des autres adolescentes, par chance ces ondes ne sont pas répulsives. On recherche ma compagnie, je suis l'amie idéale pour faire l'école buissonnière, dépasser les limites, rien n'est grave avec moi, j'ai de la force pour deux, je viens de ce pays, l'Algérie, qui fait peur et rêver. J'ai un avantage sur les autres, je

Tous les hommes désirent naturellement savoir

connais la vie, ses lumières et ses parts d'ombre, avant de l'avoir vécue ou si peu.

Je fréquente autant les garçons que les filles. Un jour, je regarde chez l'un d'eux le film *Histoire d'O*. Nous arrêtons la bande-vidéo sur les passages qui nous fascinent le plus – ceux de la soumission et du sévice.

Je ne le dis pas, mais j'ai lu le livre dont le film est adapté ; je n'en ai pas compris tout le sens, mais j'ai compris les rapports de forces et le plaisir éprouvé, la satisfaction à dominer et à être dominé.

Je l'ai lu à Alger, trouvé dans la bibliothèque de ma mère, assise sur le tapis du salon, le soleil dans le dos comme une lance, et les mots eux aussi comme des lances, ils ne m'ont pas choquée, je les raccordais à la violence de la terre, ils ont éveillé mon désir par une trajectoire jusque-là inconnue, jouir de la souffrance, et le tableau de deux femmes entre elles, que je ne cesserai de reconstituer.

Se souvenir

Nous traçons sur la carte routière notre itinéraire vers le sud.

Nous traverserons le petit désert, El Oued, El Goléa, et le grand désert, celui de la transsaharienne et des puits de pétrole, d'In Salah, nous prendrons la route vers Adrar, Tamanrasset, les paysages se succéderont, sable, terre, pierres, roches. J'imagine le Sahara comme il est dessiné au creux des grottes sur les peintures préhistoriques, les animaux étranges, les lacs, la végétation, j'imagine la force des séismes et des éruptions volcaniques, la terreur qu'ils ont dû engendrer ; nous venons de ce chaudron, de cette folie, je le sais, le sens, moi qui dessine dans ma chambre cet homme sans visage, l'extraterrestre, que je retrouverai sur une paroi du Tassili, ne sachant plus si je l'avais déjà vu avant de le dessiner ou si je l'ai inventé, possédée par les fantômes du désert.

Tous les hommes désirent naturellement savoir

Ma mère conduit avec des gants en cuir à cause de la sueur qui l'empêche de tenir le volant, nous épluchons des oranges, il n'y a que ça pour l'hydrater, pour la calmer aussi, elle a peur, ne le montre pas, dit « Chantez-moi la chanson de *Breakfast in America* » quand il faut doubler les camions-citernes, la route est étroite, elle m'évoque la vallée de la mort, si ma mère dévie de quelques centimètres, nous serons pulvérisées, alors nous chantons :

> *Take a look at my girlfriend*
> *She's the only one I got*
> *Not much of a girlfriend*
> *Never seem to get a lot*

Devenir

Elula, la patronne du Kat, nous demande de partir. Une femme a brisé un verre sur le crâne d'Ely, et elle craint qu'une bagarre générale n'éclate. Elle prend garde à ne pas faire de vagues dans le quartier depuis qu'un crime a eu lieu rue du Vieux-Colombier.

La mafia tient le milieu de la nuit. La police protège le Kat. J'imagine des accords secrets – des filles et une partie de la recette livrées en échange d'une protection. J'imagine n'importe quoi. J'attends Julia.

Je ne veux pas partir. Je n'ai rien à voir avec Ely. Elle vient d'embrasser de force une fille en couple. Cela m'a fait rire, mais les femmes entre elles ne plaisantent pas avec l'amour, c'est tout de suite à la vie à la mort, parce que l'enjeu dépasse le simple fait d'aimer : quand on a trouvé, on est sauvée. Je comprends, même si Ely dit que les

Tous les hommes désirent naturellement savoir

vraies histoires ne tiennent pas plus de deux ans, surtout celles qui naissent la nuit.

Elula finit par me saisir par le bras : « Et toi aussi tu déguerpis ! » On m'associe à la bande d'Ely, je n'assume pas.

J'espérais voir Julia, je l'ai attendue comme chaque soir au Kat, et je me retrouve à la rue avec Ely, Lizz et Laurence. Nous avançons vers la Seine, à la recherche d'un bar, il est tard, tous les cafés sont fermés sauf ceux des Grands Boulevards que nous décidons de rejoindre à pied.

Ely, debout sur le rebord d'un pont, menace de sauter, personne ne la croit, Ely aime trop la vie, les filles, l'alcool, la fête. Parfois je me dis que l'histoire de sa mère est une invention, que les choses ne se sont pas passées comme elle le prétend, qu'elle n'a pas reçu tant d'argent que ça, cela la rassure par rapport aux filles, elle aimerait pouvoir les acheter, acheter leur amour, l'argent est son rempart à la solitude, elle se trompe, le sait, boit pour oublier qu'elle sait, Ely a peur de finir seule, malgré sa jeunesse.

Nous continuons notre chemin vers l'autre rive sans répondre à ses insultes, « Attendez-moi, bande de pétasses ! », je reste à l'écart. Laurence, que Lizz repousse dès qu'elle s'approche, me parle : « Tu vois, ça arrive doucement, le temps que ça prenne dans le cerveau, ce sont des petits

Tous les hommes désirent naturellement savoir

filaments au début, tu n'as qu'à t'imaginer la composition d'une ampoule, c'est comme ça, puis un à un les filaments s'allument à l'intérieur de ma tête, de mon corps, il faut être patient, les montées sont lentes, surtout si je ne prends que de l'héro, en petite quantité, toujours, je maîtrise, Lizz pense que non, mais elle ne sait pas combien je suis douée ou elle ne veut pas savoir, elle ne me considère pas, me trouve limite idiote, elle me parle mal, ne se confie pas à moi pour les choses importantes, d'ailleurs depuis qu'on vit ensemble, on ne se parle plus trop, tu vois moi je pensais que cela nous rapprocherait qu'elle vienne vivre chez moi, en fait pas du tout, même dans le lit, quand on est ensemble, on dirait qu'elle a tracé une ligne imaginaire entre nous, une ligne que je ne dois pas franchir, alors il ne faut pas s'étonner que je parte dans mes délires après, elle reste à cause de ma beauté, ce n'est pas pour me vanter, mais j'ai conscience de mon image, je n'en suis pas fière, je n'y suis pour rien, parfois j'aimerais m'en défaire, que l'on m'aime pour moi, pour ce que je suis à l'intérieur, pas pour mes yeux, ma bouche, mon corps, non, pour toutes les pensées qui me constituent, pour mon histoire aussi, Lizz ne sait rien de mon histoire, elle ne me demande jamais, ne veut surtout pas savoir, elle ne veut pas non plus

Tous les hommes désirent naturellement savoir

me laisser à une autre, elle serait trop jalouse, je suis sa chose, son objet, qu'elle a rangé dans ses affaires sans y prêter attention, mais qu'elle ne veut pas donner, moi je suis folle d'elle, malgré sa cruauté ou alors à cause de sa cruauté si je réfléchis bien, tu sais on est toutes un peu maso, il ne faut pas se raconter d'histoires, c'est quand même compliqué d'aimer les filles, c'est une montagne à gravir, on n'en voit jamais le sommet ni la lumière depuis le sommet, c'est toujours le brouillard, et tu vois, la poudre, les amphét, les exta sont là pour dissiper le brouillard, vous pensez le contraire, toutes, mais moi je vis avec ça tous les jours, c'est vraiment quand je suis stone que j'aperçois la lumière, la vérité, et quand je te regarde je sais que tu es une bonne personne et que ce milieu n'est pas pour toi – il t'écrasera, tu verras. »

Savoir

À la Libération, mon grand-père a trouvé une nouvelle maison à Rennes, près du jardin du Thabor ; la maison de la rue d'Antrain était complètement détruite, il ne restait qu'un cratère, ce qui fait dire à ma mère qu'en tant que rescapée, elle a abordé la vie d'une manière différente, traversée par la possibilité de la mort – seul le destin décide, nul ne le maîtrise.

La nouvelle maison était grande, six étages, un grenier, un jardin, un potager, deux salons, dont un plus petit, le salon bleu décoré à la manière du cabinet de Mme Lanvin, avec ses tapisseries, ses canapés et ses fauteuils en velours, ses porcelaines, ses médailles et ses objets de collection ; ma grand-mère ne savait pas qu'elle s'y installerait à la fin de sa vie pour s'éteindre.

Ma mère affirme que tout a commencé avec cette maison – la mélancolie, la violence, la

Tous les hommes désirent naturellement savoir

peur –, elle croit en l'influence d'un lieu sur ses occupants. Les murs sont la mémoire.

À leur arrivée ils ont trouvé dans la cuisine des uniformes de l'armée allemande, des coupes de champagne, un gâteau d'anniversaire – la fête avait été interrompue.

Son père est devenu plus sévère, parfois il était comme fou, nul n'en connaît la raison. Il l'enfermait avec son frère dans la cave quand ils n'étaient pas sages. Sa mère était lointaine, étrangère à sa famille qu'elle regardait tantôt avec pitié, tantôt avec indifférence, se réfugiant dans son travail qu'elle n'aimait pas.

De temps en temps, des hôtes s'installaient dans les chambres du haut tant la maison était grande. Ma grand-mère aimait recevoir, retrouvait sa joie de vivre auprès d'une voyante avec qui elle faisait tourner les tables, d'une peintre qui faisait les portraits de ses trois filles, et de Monsieur B., l'ami d'enfance de mon grand-père, que ma mère évoque comme s'il faisait partie de la scène d'un film qu'elle visionne parfois tout en se disant que ce n'est pas réel, que les images sont restées mais que ce qu'elles représentent n'existe pas, n'existe plus, effacé par les années.

Se souvenir

À Alger je vois des ombres la nuit traverser les murs de ma chambre, venir à moi puis repartir, comme des entités. Je pense qu'elles veulent communiquer, je ne dors pas. Je prie pour qu'elles se manifestent davantage. J'attends un signe, l'espère.

Je crois au ciel plus qu'à la terre à cause d'Ali. Il veut me tuer, je le sais, je suis une part de lui, sa part noire – il faut me supprimer.

Nous sommes avec sa mère à Zeralda, une station balnéaire à une dizaine de kilomètres d'Alger. L'eau est grise et fraîche, impraticable, des dizaines de méduses se sont échouées sur le sable. Nous les piquons avec un bâton pour les vider d'un liquide transparent – nous disons que c'est leur sang.

Tous les hommes désirent naturellement savoir

L'odeur d'algues, très forte, donne la nausée, ça sent la mort ou, si je devais imaginer l'odeur de la mort, elle serait ainsi, invasive et insoutenable.

La mère d'Ali ne nous surveille pas, elle lit puis regarde vers l'horizon avec un air si triste – elle pleure derrière ses lunettes de soleil.

Elle est française, comme ma mère, mais n'aime pas les Algériens ni l'Algérie, elle voudrait partir, tout quitter, se confie à ma mère tous les jours, à la sortie de l'école, à la maison ou par téléphone. Ma mère dit que la tristesse peut être une vraie maladie si elle ne passe pas, que l'on peut la sentir sous les pores de sa peau comme un virus voyageant dans le corps, se déplaçant de la tête au cœur, du cœur au ventre. La mère d'Ali est malade de ça, toutes ses paroles sont déformées par ça, ce n'est pas la vérité, il ne faut pas la croire, elle sera aussi triste en France qu'en Amérique tant qu'elle ne guérira pas du mal qui la ronge et la sépare des autres.

Nous quittons la plage avec Ali. Nous la laissons à sa solitude.

Nous escaladons le mur de l'hôtel de Zeralda, les bougainvilliers griffent nos peaux nues. Dans le grand jardin, il y a une piscine dont l'eau est bleu roi comme le ciel de mai. Les couleurs se

Tous les hommes désirent naturellement savoir

détachent les unes des autres, c'est très beau, très fort ; nous sommes ivres de nous deux. L'endroit est interdit, réservé aux clients de l'hôtel ; il n'y a personne, pas même un maître-nageur, juste Ali et moi.

Il me regarde avec un air étrange : « On fait un concours de plongeons ? »

Il monte sur le plongeoir, saute, je le suis, je saute à mon tour. Nous recommençons, sans nous arrêter, une dizaine de fois, je pense au film *On achève bien les chevaux* que j'ai vu à la télévision quelques jours avant, c'était la même ambiance, il faut tenir, coûte que coûte, Ali sait que je n'abandonne jamais, que c'est inscrit dans mon caractère, je suis comme ça, extrémiste, il a plus de force physique que moi, mais je possède le mental. J'ai des choses à prouver – je suis une fille.

Puis vient le plongeon de trop : trop d'élan, trop de soleil, trop de ciel bleu, trop de rouge, vert, jaune des fleurs, je m'assomme contre l'eau, mon corps tombe vers le fond, il est pierre, sable, soleil, courants ; il n'est plus à moi.

Je remonte à la surface, je ne sais plus nager, je coule. Je retombe au fond du grand bassin. Les petits carreaux bleus m'hypnotisent. Je me crois dans un salon, celui de ma grand-mère française, dans la salle d'un musée, au Louvre, dans

Tous les hommes désirent naturellement savoir

la chambre d'un roi, d'une reine, je suis bien, j'ai envie de rester, je ne suis pas dans mon état normal, je dois réagir avant d'étouffer.

Je remonte en me propulsant du sol et je coule à nouveau. J'accomplis ainsi six allers-retours. À chaque fois j'ai le temps de voir l'incroyable et triste ciel, incroyable en raison de sa pureté, triste parce que je me dis que c'est la dernière fois que je le vois : je vais mourir et je me regarde mourir.

Je parviens à appeler Ali et je prononce ces mots pour la première fois, les prononcer me gêne, je perds la tête, « À l'aide, à l'aide ! », mais cela ne change rien, je retombe vers le fond ; je suis seule avec ma détresse.

Je regagne la surface une dernière fois, Ali se tient au bord de la piscine, les bras croisés, il me regarde droit dans les yeux et s'éloigne en direction du mur aux bougainvilliers qui sépare la piscine de la plage – il me quitte.

Je coule. Je reste assise en tailleur quelques secondes au fond de l'eau, mes cheveux flottent tout autour de mes épaules comme les méduses de la plage.

Je pense à ma mère, à son désespoir si elle me perdait, je ne veux pas la tuer. Huit ans n'est pas un âge pour mourir.

Je dis, pour moi : « C'est trop tôt. »

Tous les hommes désirent naturellement savoir

Depuis la surface se forme une colonne de lumière qui m'aspire. Je remonte à toute vitesse, sans comprendre ce qu'il m'arrive. Je ne crois pas en Dieu, je n'ai reçu aucun enseignement de cet ordre, mais je sais qu'une main invisible vient de me sauver.

J'escalade le mur, épuisée. Je traverse la plage. Mon corps tremble, mes épaules et mes bras surtout. Ali est assis sur sa serviette de bain, il me regarde, toujours avec son air étrange, je ne dis rien, je m'assois à mon tour, sa mère me demande : « Où étais-tu passée ? Tiens, voilà ton goûter, pain-beurre-chocolat, ça te va ? »

Devenir

Au Kat j'observe une femme avec un burnous blanc et une chéchia rouge, elle est grande, on la remarque tout de suite parmi les autres, à cause de ses vêtements, de son attitude, elle est élégante, mystérieuse, irréelle, entourée tantôt de brume, tantôt d'un halo lumineux, selon la façon dont je la regarde. Elle ne reste jamais très longtemps, on l'attend peut-être à l'extérieur. Elle fait un tour, comme un animal qui explore son territoire de chasse, cherche, choisit une femme ou non si personne ne lui plaît, puis repart : la nuit, à elle aussi, lui appartient.

De retour chez moi, j'écris sur elle. Elle me tient compagnie. Nous achevons, en imagination, la nuit ensemble.

J'écris pour être aimée et pour aimer à l'intérieur de mes pages. Je réalise mes rêves en les

Tous les hommes désirent naturellement savoir

écrivant — je m'invente, ainsi, de nombreuses liaisons, vainquant ma peur des femmes et de l'inconnu.

Se souvenir

J'aime ma sœur, je ne désire pas la remplacer, mais je veux un troisième enfant dans la famille, un garçon, pour qu'il se substitue à moi, me libère d'un rôle que l'on me demande de tenir sans m'avoir demandé mon avis.

Je suis le fils qui manque aux yeux de tous.

Un jour, je comprends que ce frère n'arrivera jamais. Les draps de mes parents sont tachés de sang et ma mère doit aller à l'hôpital car « elle a le sexe qui saigne ».

J'imagine un monstre à deux têtes qui n'a pas voulu rester en elle, la blessant.

Se souvenir

Nous découvrons une presqu'île à quatre-vingts kilomètres d'Alger après le village de Bérard, un endroit secret qui me fait penser à la matrice. Il faut traverser une ferme pour y accéder, prendre un chemin en pente, descendre dans le ventre de la terre, les rochers sont rouges, les arbres serrés font obstacle au soleil, ils composent une forêt magique que je ne retrouverai jamais ailleurs. La presqu'île est un rocher géant, plat, sans aucune aspérité, poli par le vent et le sel, une plateforme posée sur la mer depuis laquelle nous nous élançons tels des oiseaux. La légende dit qu'une rivière d'eau douce traverse les courants. Elle a fait recouvrer la vue à une princesse et protège le bonheur des amants.

Devenir

Ely m'appelle dans la nuit, elle a bu, je l'entends au son de sa voix, elle est rentrée plus tôt de sa soirée pour me raconter, impatiente : elle a vu Julia, lui a parlé de moi, lui a montré un Polaroid qu'elle avait pris chez elle et qu'elle garde dans son portefeuille parce que c'est toujours bien d'avoir la photo d'une fille pas mal sur soi, je lui sers d'alibi, le sais, ne lui en veux pas. Ely a une tendresse en elle – il est impossible de lui en vouloir.

Elle dit : « Je t'ai vendue, tu n'imagines pas à quel point. »

Julia n'a personne en ce moment, cette information m'effraie : je suis une fille sur une liste, la prochaine, j'attends mon tour et le passerai quand une autre arrivera pour me remplacer.

Ely a organisé un rendez-vous pour moi, un mardi, au Kat : « Julia t'invitera pendant les slows. »

Tous les hommes désirent naturellement savoir

Après son appel, je ne dors pas, je m'enroule dans mes draps, serrée par la peur et le désir de vivre enfin ce que j'imagine. L'invisible, le fantasme, va prendre corps.

Je me sens minuscule dans mon lit, dans la ville, dans le pays, sur le continent, je n'ai plus d'attache, plus de nom, plus de prénom, plus d'âge, plus d'adresse, pas de passé, pas de famille, seulement un avenir qui va me faire basculer dans une autre vie.

Dans mon souvenir, Julia m'apparaît un peu vulgaire.

Savoir

Ma mère est arrivée en Algérie quand les Français, les colons, quittaient le pays. Elle se sentait en mission, d'une certaine façon elle représentait le peuple français, celui de la métropole et celui d'Algérie, le peuple ami et amoureux. Elle portait un message de paix. Ses enfants en étaient les fruits ou les preuves si l'on refusait de la croire.

Elle a appris l'arabe pour se faire comprendre, a passé son permis de conduire, s'est promis de nous faire connaître notre pays comme si nous étions algériennes plus que françaises, ce qui faisait dire à ma grand-mère pendant les vacances : « Je vois bien que tu ne viens pas de chez nous, tu marches tout le temps pieds nus, sauvageon. »

J'imagine les cargos quittant le port, des cargos de larmes et de regrets, amorçant leur traversée de la Méditerranée, bravant les vagues, l'horizon,

Tous les hommes désirent naturellement savoir

glissant vers une vie nouvelle à Nice, Marseille, Toulon.

Les pieds-noirs restaient sur la rive sud, face au pays d'origine. On ne les considérait plus comme des Français en France. Ils n'étaient pas des Algériens d'Algérie non plus. Apatrides, ils se disaient orphelins de cœur et solitaires dans un pays qu'ils ne connaissaient pas, une terre étrangère.

Des années après, les enfants de mariages mixtes, comme moi, se font appeler les pieds-noirs de la seconde génération – l'histoire recommence.

Se souvenir

Dans les années quatre-vingt-dix, scellée au malheur algérien, je coche sur une carte les lieux de chaque massacre, lieux où j'ai embrassé le soleil, profité des bains de mer sans fin, la Méditerranée était mon royaume, je faisais corps avec la nature et ses lois, je bravais le danger des rouleaux, des fosses aspirantes et des lames de fond. Je ne la redoutais pas.

À cette époque, un récit m'obsède, je *vois* chacune de ses images, comme si elles avaient été projetées sur les murs de ma chambre. Ce récit, il faudrait que je l'écrive pour m'en libérer, et je ne l'écris pas. Je le nomme *Le Projet zéro* car il me semble être à l'origine de tout ce que je pourrai écrire ensuite. Il n'en reste que des bribes.

« À la nuit tombée, ils coupent l'électricité des villages qu'ils vont assiéger, les habitants surpris et plongés dans l'obscurité ne peuvent ni s'enfuir

Tous les hommes désirent naturellement savoir

ni se défendre, les massacres se font à la hache, au couteau, les armes à feu servant aux guets postés à l'entrée des hameaux, ils éventrent les femmes enceintes, arrachent les fœtus, les jettent depuis les balcons, les toits ou les replacent dans un autre ventre, ils décapitent, recousent les têtes sur d'autres corps, tranchent les mains, les doigts pour récupérer les bagues, les bracelets, on retrouve des nourrissons dans les fours, des lambeaux de chair accrochés au grillage, aux tuiles, éparpillés au sol quand des explosifs sont utilisés, un homme dit qu'il a plu du sang, que ça tombait du ciel, avant de voir des corps empalés aux branches, un autre dit : "Je sais qui ils sont, ils vont revenir et égorger les survivants." »

Se souvenir

Le Grenel's ouvre le dimanche après-midi. J'ai quatorze ans, l'entrée est gratuite, à l'intérieur il fait sombre, il y a des petits salons cachés, des banquettes et des tabourets rouges, mobilier typique du début des années quatre-vingt que je retrouverai ensuite dans les boîtes de nuit en province et dans le Milieu des filles, comme si le temps de la légèreté avait commencé là et s'était arrêté là.

J'aime la fête ou la possibilité de la fête, je n'éprouve pas de la joie, mais une excitation à être dans un endroit interdit (le Grenel's ne l'est pas, mais je le ressens ainsi), à vivre une vie clandestine, secrète (les prémices du Kat) dans le dos de ma mère toujours, non pour la trahir, mais pour grandir, dans les vapeurs de fumée et d'alcool même si je ne bois pas en raison de mon âge.

Tous les hommes désirent naturellement savoir

J'admire les filles et les garçons qui se parlent, s'embrassent, ondulent avec leurs corps souples et électriques, en combinaison, en short, en tee-shirt blanc, sur la piste de danse ; il fait chaud, l'été arrive, je me sens libre et je jouis de cette liberté.

Se souvenir

1993. Une pharmacienne que nous connaissons bien est retrouvée égorgée à l'intérieur de sa villa.

Elle est allongée sur son canapé, le visage posé sur un coussin, il y a une boîte de somnifères et une bouteille d'alcool sur la table basse, la police dit que quelque chose ne va pas, que ce n'est pas la signature des terroristes ni le résultat d'un cambriolage qui aurait mal tourné, aucun effet n'a été volé, la porte de la maison n'a pas été fracturée, aucune trace de combat n'apparaît, la femme n'a pas été surprise dans son salon, elle a parlé avec ses agresseurs, leur a peut-être offert un verre, et sans s'y attendre, a eu la gorge tranchée d'un coup, la blessure est nette comme un trait au feutre rouge sur du papier, le sang a à peine coulé dans son décolleté, on pense à un règlement de comptes, mais c'était une femme

Tous les hommes désirent naturellement savoir

sans histoire, aimée du quartier, séparée depuis plusieurs années de son mari volage, elle avait décidé de ne pas se remarier, c'était une très belle femme qui *vivait à l'occidentale* sans trop s'afficher non plus dit sa sœur, elle était prudente, surtout ces derniers temps, craignant les *barbus* qui venaient à la pharmacie et la connaissaient.

L'enquête piétine puis son fils, Tarek, se rend à la police et avoue avoir demandé à trois de ses amis de donner une bonne leçon à sa mère qui ne vivait pas comme une honnête femme doit vivre. Il ne supportait plus d'avoir honte, même s'il n'avait jamais vu dans la villa aucun homme depuis le départ de son père.

Il est persuadé qu'elle profitait à l'extérieur, loin de lui, de sa beauté qu'il compare à un incendie.

Je connaissais Tarek.
Des années plus tôt, nous avions voyagé ensemble, avec Ali, dans le désert.

Savoir

Monsieur B. a été accueilli chez mes grands-parents quelques mois après la Libération. Il ne se remettait pas de la guerre, il avait passé un an dans un camp de concentration, il était malade, il avait attrapé le typhus, il avait perdu du poids, il était traumatisé, il ne pouvait pas rester seul, il avait besoin d'être entouré, réconforté, mes grands-parents sont allés le chercher chez lui à Angers ; quand ils sont rentrés à Rennes, c'était comme s'ils avaient ramené un animal blessé, il fallait prendre soin de lui, être doux, ce qu'il avait vécu n'avait pas de mots disait ma grand-mère, il avait besoin de ses amis, de ses grands amis, ils étaient comme une famille pour lui, et les enfants, c'est si joyeux, cela lui redonnerait goût à la vie, on avait peur pour lui, il était si maigre, si affaibli, méconnaissable, cela faisait tant de peine de le voir dans cet état.

Tous les hommes désirent naturellement savoir

Il allait reprendre des forces dans la maison du Thabor, ma grand-mère lui en avait fait la promesse, elle allait s'occuper de lui non comme d'un malade, mais comme d'un survivant dont on admire le courage, et dès qu'il irait mieux, on l'emmènerait au bord de la mer, parce que la mer lave de toutes les peines.

Monsieur B. est resté six mois, peut-être plus, ma mère ne sait plus, ne veut plus savoir, il occupait la chambre jaune, près de celles des enfants.

Au début, on le nourrissait à la petite cuillère, de l'eau avec du sucre, et puis, jour après jour, il a retrouvé son appétit, sa force, son corps, ses muscles, il ne sortait pas dans la rue, en avait encore peur, mais se promenait dans le jardin de la maison, enfouissait son visage dans les roses, cueillait les framboises qui poussaient sur la palissade, quand il faisait beau il lisait au soleil sur une chaise en fer forgé, le journal, pas de livres, il ne pouvait se concentrer que quelques minutes puis son esprit divaguait, il pensait à son avenir, à ce qu'il ferait une fois de retour dans sa ville, Angers, il désirait ouvrir une seconde pâtisserie, en avait les moyens, le travail ne lui faisait pas peur, il était courageux, pouvait tout endurer après ce qu'il venait de subir. Il était heureux car il se sentait libre, sa vie dans la maison du

Tous les hommes désirent naturellement savoir

Thabor le ramenait à la source du bonheur qu'il croyait tarie.

Le matin, il se levait très tôt, parce que de bonne heure la lumière est unique, elle entrait dans la maison par la grande baie vitrée du salon qui donnait sur le jardin, il prenait son café en bas, puis remontait, sans faire de bruit, un vrai chat, il avait appris ça pendant la guerre : se fondre à l'espace ; alors il devenait chaque marche de l'escalier, chaque parcelle du sol, chaque angle de la demeure, il était le bois et le mur, le verre et le métal, il était le silence et le bruit, le chant des oiseaux et les aboiements du chien, il était le velours et le coton, l'intérieur et l'extérieur, il était invisible et omniprésent, il était le rêve et la réalité, il était et il n'était pas, il était le secret à tout jamais, le mirage et la vérité, il était les draps et la peau, les cheveux et les yeux des petites filles qu'il venait visiter chaque matin parce qu'il aimait les enfants plus que tout, et se glissait dans leur lit pour les étreindre comme personne ne les avait jamais étreintes avant lui.

Devenir

La femme qui tient le vestiaire, ouvre la porte, filtre les clients du Kat s'appelle Mariem. Elle est africaine. Elle travaille là depuis l'ouverture du club. Elula l'a prise sous son aile comme les caïds se prennent d'affection pour les plus fragiles.

Elle veut ressembler à Tina Turner, se coiffe, s'habille comme elle, avec des jupes en cuir, des robes moulantes. Je ne sais pas si elle aime les femmes. Je ne sais rien de ses amours et quand une fille tente de la séduire, elle éclate de rire. Sa seule passion est son fils, pour qui elle travaille dur.

Pour Mariem la nuit est une putain, livrant autant d'ombres que de lumières, autant d'espoirs que de déceptions. Elle s'en protège, me conseille de faire de même, surtout en raison de ma jeunesse – il y a d'autres endroits pour s'amuser, d'autres gens à rencontrer dans la vraie vie, au soleil, aux terrasses de café ; passé minuit plus

Tous les hommes désirent naturellement savoir

personne ne vaut rien, chacun se cache derrière un masque.

J'avance à visage découvert et Mariem m'appelle « Bébé ».

Quand personne ne peut me raccompagner en voiture ou à pied chez moi – je ne veux plus rentrer seule –, j'attends près d'elle que le jour se lève.

Je suis souvent la dernière au Kat. On ne fait pas attention à moi, je ne dérange pas. Je les regarde, je suis au cœur du Milieu des femmes, intégrée, assimilée, acceptée. C'est une nouvelle famille, si différente de la mienne, Maryse nettoie le bar, Elula et Aymée font la caisse, parfois une serveuse ouvre une bouteille de champagne, on ne m'en propose pas, je suis l'enfant encombrant que l'on aime bien, que l'on garde près de soi malgré tout.

Au petit matin, dans la rue, je me sens protégée par le soleil qui s'est levé.

Chacune d'entre nous se sépare au métro Rennes pour aller dormir avant de se retrouver pour un nouveau soir. Cela m'évoque des tours de grande roue, j'ai le vertige parce que même si rien n'arrive, tout peut arriver. Vivre en décalage du temps, des autres, me donne un sentiment d'éternité.

La mort n'existe plus.

Se souvenir

Il y a une clinique chinoise à l'extérieur d'Alger, à Cheraga. Ils pratiquent une médecine différente, préventive d'après la brochure reçue par la poste.

Ma mère souffre d'asthme, elle suit un programme à raison d'une fois par semaine, le mercredi après-midi, quand je n'ai pas classe, elle a choisi ce jour pour que je lui tienne compagnie.

J'attends dans le couloir de la clinique, je me sens malade à mon tour à la vue des infirmières, des médecins en blouse blanche qui portent un masque.

Je m'ennuie en attendant ma mère. Je descends dans les sous-sols de la clinique. Sur une étagère, quatre fœtus flottent dans des bocaux. Ils ont les paupières gonflées et les yeux ouverts. Ils regardent dans ma direction comme si j'avais surpris leur conversation.

Tous les hommes désirent naturellement savoir

L'odeur du formol me monte à la tête, je me sens ivre, regagnant à la hâte la chambre de ma mère qui m'a ordonné de ne pas entrer.

J'ouvre la porte, je la découvre le visage criblé d'aiguilles, sa main dans celle du docteur qui la soigne.

Devenir

Je suis habillée en noir – pantalon et col roulé fin.

J'ai maigri, ma nature homosexuelle a recouvert mon enfance, mon adolescence et une partie de ma jeunesse. Je suis pourvue d'un autre corps à force de sorties, d'idées étranges, de désirs obsédants, refoulés.

Le jour de mon rendez-vous avec Julia est arrivé.

J'écris quelques pages puis les déchire, craignant qu'elles ne soient découvertes si je ne rentrais pas. Mes fantasmes de disparition réapparaissent.

J'associe la rencontre à un enlèvement, le premier baiser à un crime. Je vis une révolution dont je suis l'unique témoin, ne pouvant confier mes craintes et mon excitation à personne ;

ma famille ne pourrait pas comprendre, Ely se moque de moi à la moindre occasion.

Ely me demande de passer chez elle avant le Kat. Elle m'accompagnera bien sûr, je la remercie, même si je ne suis pas certaine d'apprécier sa compagnie.

Je me sers d'elle comme l'on se sert d'une torche dans la nuit et elle se sert de moi. Nous avons conclu une sorte de contrat tacite. Je suis parfois son alibi, parfois sa confidente, elle sait ma capacité à entendre ses plaintes, ses histoires, rien ne me choque. Elle me fait confiance, sait que je ne parle pas. Je garde tout pour moi, non par respect, mais par intérêt – ses récits me serviront un jour pour mes travaux d'écriture. Je n'ai pas honte de penser ainsi, de manquer de morale.

Ely m'attend. Elle porte un tailleur, elle fait plus que son âge.

Elle a ouvert une bouteille de vodka plus tôt dans l'après-midi, je refuse de boire avec elle, « Tu n'es vraiment pas drôle ». Elle a raison. Je ne suis pas drôle parce que j'ai peur. La nuit entre en moi, contamine mon sang et je pense au Sida.

Tous les hommes désirent naturellement savoir

Je ne sais rien de Julia et personne ne sait rien de personne.

J'ai envie de demander à Ely si elle a déjà fait un test, je n'ose pas. Elle fume sur son balcon en regardant le ciel, et me lance, agacée : « C'est vraiment pour toi que je viens, parce que Julia, je ne l'aime pas et le mardi c'est juste l'horreur le Kat. »

J'aime déjà Julia, comme j'aime, ce soir-là, toutes les femmes de la terre.

Je suis dans l'élan et je suis l'élan. Ely ne peut plus me retenir, elle le sait, je crois qu'elle est jalouse.

« Nous ne sommes rien, dit Ely dans le taxi, rien du tout, juste de la poussière et encore » ; le chauffeur me regarde dans son rétroviseur, j'ai envie de lui annoncer que je joue ma chance ce soir.

En longeant le jardin du Luxembourg, j'imagine que chaque arbre contient le corps de Julia.

Nous arrivons au Kat sur la chanson de Stephan Eicher, « Combien de temps ». Elle dit tout de moi et davantage, mais je ne le sais pas encore.

Ely salue des filles qu'elle connaît, j'ai envie de m'enfuir, je reste, je pense à l'île près de Bérard, aux amies de ma sœur dont les peaux

Tous les hommes désirent naturellement savoir

brillaient au soleil. Je me souviens qu'à cet endroit précis, entre la mer et la terre, sur le rocher suspendu, j'ai su ce qu'était la jouissance de vivre.

Assise à la table d'Ely, près du bar, j'attends un signe, je ne vois rien, il y a peu de clientes pourtant, dans ma tête le refrain tourne en boucle, « Combien de temps », avec la phrase d'Ely : « Elle t'invitera pendant les slows. »

Je demande à Ely si elle a vu Julia, elle répond que non, qu'elle ne va peut-être pas venir, que ce serait bien d'ailleurs, que cela me donnerait une leçon, je suis trop têtue dit Ely.

Une main saisit mon bras, m'oblige à me lever. Je me laisse faire, Julia est une professionnelle du slow, de la séduction, elle est sûre d'elle, a raison de l'être, elle est belle, malgré sa légère vulgarité qui est bien réelle, dans sa façon d'être, de bouger, de se déplacer.

Elle porte une chemise blanche glissée dans un fuseau noir, des escarpins et un manteau qui tombe sur ses chevilles. Elle plaque son ventre contre mon ventre, passe sa main dans mes cheveux, je tremble, m'en veux de trembler, je suis une débutante ; dix-huit ans, c'est l'enfance encore. Je pense aux jeunes garçons avec des prostituées.

Tous les hommes désirent naturellement savoir

Je sens le corps de Julia contre le mien, c'est la première fois que je danse avec une femme, je ne trouve pas cela ridicule ni indécent, mais ce n'est pas normal non plus.

À la fin du slow, elle prend mon visage entre ses mains et m'embrasse. Je pense aux femmes d'Alger dans les escaliers de la Résidence, qui m'attrapaient par le cou, « *Boussa, boussa* » (un baiser, un baiser), à ces mères éternelles qui aiment tant les enfants qu'elles les enlacent avec brutalité.

Julia m'invite à sa table. Elle me présente Sophie, sa meilleure amie, et Gil que je confonds avec un homme. Gil me serre la main et dit : « C'est pas au lit les bébés à cette heure-ci ? »

Sophie est grande et blonde, elle est hôtesse de l'air à la Lufthansa, mais elle aurait voulu être mannequin ; il lui arrive de faire des photographies pour de la lingerie, mais elle n'est pas assez grande pour défiler.

Gil a les cheveux courts et bouclés, les traits fins, le corps comme celui d'un garçon, elle tient un magasin de vêtements. Elles se sont connues il y a trois ans, aux Bains Douches. Avant Sophie *était* avec des hommes. Elle dit qu'avec Gil c'est pareil, mais en mieux. Elle ne cherche pas la féminité, n'est pas sûre d'ailleurs d'aimer vraiment les femmes. Avec Gil c'est autre chose qu'elle n'arrive pas à nommer.

J'ai envie de quitter le Kat, Paris, prendre un avion et rejoindre ma famille qui vit à des milliers de kilomètres, dans le Golfe. Je me sens seule, désaxée de ma « normalité ».

Julia veut me revoir le samedi suivant, chez elle, me donne son numéro de téléphone, je ne lui donne pas le mien. Elles s'en vont, me proposent de me déposer en voiture, je refuse. Je ne veux pas qu'elles connaissent mon adresse.

Ely est introuvable. Je reste au Kat. Je regarde les femmes danser sur la piste. C'est un lieu sans époque ou qui réunit toutes les époques. Nous sommes à part. Nous le resterons. Les homosexuelles.

J'observe un couple en costume trois-pièces comme les Gigolas de Pigalle dans les années trente, l'une d'elles se déplace avec une canne, ses yeux sont si bleus, on dirait des rayons laser dans la nuit.

Plus tard, je rentre à pied, je n'ai plus peur, je marche vite, je fuis la scène que je viens de vivre, le slow, le contact des peaux et le baiser.

Tous les hommes désirent naturellement savoir

Je suis le ciel, le vent et les nuages qui couvrent la lune par intermittence, je ne traverse plus Paris, c'est Paris qui me traverse, me porte, m'aide : j'ai honte de moi.

Se souvenir

Dès les montagnes de l'Atlas, le paysage change, s'étire.

J'ai pour mission de graisser le capot de la voiture pour empêcher le sable de pénétrer le moteur de notre GS bleue qui se soulève au démarrage comme un véhicule amphibie avant de traverser un fleuve.

Le Sahara est un pays à lui seul, dont nous nous étonnons de la douceur après la violence de la ville. Ici, nous n'avons peur de rien, pas même de nous égarer, veillées par les villageois qui nous accueillent, nous offrant du lait et des galettes chaudes.

Nous avons une pharmacie dans le coffre de la voiture, ma mère me charge de distribuer des collyres, des antidouleurs, du sparadrap, du mercurochrome, ma sœur, elle, distribue des crayons de couleur et des Bics.

Tous les hommes désirent naturellement savoir

J'ai l'âge de tous les petits enfants qui m'enlacent et pourtant je me sens l'aînée de cette nouvelle famille qui fait battre mon cœur plus vite que d'habitude.

Le désert me transforme. J'apprends de nos voyages à voir ce que les autres ne voient pas.

Savoir

À la fin de la guerre, ma mère a tenu à revoir la maison qu'elle habitait avant le bombardement.

Il n'en restait rien. Le jardin avait absorbé en entier la demeure, sa chambre et ses jouets ; une partie d'elle, de son histoire, demeurerait à jamais introuvable, la terre s'était refermée après l'impact.

Son enfance était symboliquement détruite, elle n'aurait plus la possibilité de l'occuper, d'en profiter ; elle a su et compris très tôt combien les hommes peuvent être mauvais.

À la même époque, mon grand-père l'a emmenée assister à une corrida aux arènes de Nîmes, pour lui apprendre la vie, la résistance, le sens du combat, il la considérait comme un garçon, en tout cas plus forte que son frère à la santé fragile.

Tous les hommes désirent naturellement savoir

Il a été déçu de voir sa fille pleurer à la vue du sang jaillissant du taureau et du flanc des chevaux blessés. Elle le suppliait de quitter l'arène. Dans les rues de la ville brûlée par l'été, il l'a traitée de mauviette, de minable, et lui a dit : « Toi, tu finiras dans les poubelles. »

Se souvenir

Un homme vient rendre visite à mon père dans la nuit. Il ne sonne pas, frappe à la porte, me réveille.

Cet homme est son frère de lait. Il est « important », disent les Algériens qui le fréquentent. C'est un ancien résistant, il attend son heure en politique. Mon père l'admire, lui passe tout. Son frère de lait ne le prévient de ses visites qu'au dernier moment. Il se sent menacé, on veut le « supprimer », il en est sûr.

Mon père l'emmène dans la cuisine pour parler au calme, je me cache dans le couloir, regarde leurs ombres se déplacer derrière la porte vitrée ; ma mère fait du café, dresse une table, sert les restes de gigot ou de poisson.

L'homme ne la regarde pas et traite les femmes avec infériorité, se plaint parfois ma mère à mon père qui lui répond : « C'est un chef. »

Tous les hommes désirent naturellement savoir

Avec lui mon père participera aux négociations visant à libérer les otages américains retenus en Iran à la fin des années soixante-dix. Sur les photographies diffusées dans la presse, le frère de lait signe les accords avec un membre du gouvernement américain, au premier plan. Mon père se tient debout derrière lui, avec une cigarette et ses lunettes fumées, fixant l'objectif sans dévoiler complètement son visage.

Cette photographie dit tout de mon père – il est là sans être vraiment présent, c'est le prince tenant sa couronne à la main pour qu'on ne la voie pas.

Devenir

J'appelle Julia le lendemain du slow, malgré Ely qui me conseille d'attendre quelques jours avant de lui téléphoner : il ne faut jamais se soumettre aux séductrices, sinon elles vous écrasent sans pitié.

Je veux bien être écrasée par Julia. Je ne crains pas de souffrir, seule la solitude constitue la vraie tristesse.

Julia me donne rendez-vous samedi, je note le code et l'étage. C'est une habituée, elle n'a pas peur de recevoir des inconnues chez elle, moi j'ai peur, et ma peur monte d'un cran – je lui ai donné mon numéro de téléphone.

Je traverse les jours qui nous séparent comme en dehors du temps, de la ville et de mon corps. Je ne me rends plus à la fac, je n'écris pas, tout me coûte, je suis saisie par la crainte de ne pas être à la hauteur.

Tous les hommes désirent naturellement savoir

J'appelle ma mère un soir, avec le décalage horaire, elle rentre de la plage, « Tu as une drôle de voix, tu me dis tout ? », ma mère pense que j'ai des problèmes à l'université, que je n'arrive pas à m'adapter.

Elle a raison, j'ai des problèmes. Comment vais-je procéder ? Qu'est-ce que le corps d'une femme autre que le mien ?

Je ne sors pas au Kat le vendredi, Ely m'en veut de me réserver pour Julia, « Tu es déjà à sa botte », et puis elle me confie ses angoisses au sujet de Laurence, qu'elle trouve de plus en plus bizarre. Elle alterne les somnifères et le speed, Lizz ne supporte plus la situation.

Laurence nous quitte pour des rives noires, inatteignables.

Ely me demande de lui parler, je suis la nouvelle de la bande, je refuse ; je ne connais rien à cette dépendance-là.

Laurence dit que la drogue est sa niche et elle le chien, qu'il faut la laisser tranquille.

Se souvenir

Ma mère a besoin de partir, de *se* quitter, par ses asphyxies.

Dans l'avion pour Alger après un séjour d'une semaine à Paris, elle alerte l'équipage pendant le vol avant de s'évanouir.

À l'arrière de l'appareil, on la couche sur trois sièges dont on a relevé les accoudoirs. Les hôtesses fabriquent une sorte de paravent avec un drap. On la démaquille, un steward rapporte du cockpit une bonbonne d'oxygène et un masque.

Je comprends ma mère. Elle veut se laisser faire, que l'on s'occupe d'elle, elle veut s'en remettre à des mains expertes qui vont la guérir, l'apaiser, elle a raison, nous ne sommes ni suffisantes ni compétentes pour soigner ses malaises, son mal-être. Il est judicieux de faire appel à ceux qui savent.

Tous les hommes désirent naturellement savoir

J'espère à mon tour trouver un jour mes sauveurs ou plutôt mes sauveuses.

J'ai honte, les passagers se retournent vers nous, ils désirent savoir si c'est grave, si la jeune femme blonde avec les deux petites filles est en danger de mort ou non.

Je regarde par les hublots les nuages, bouquets roses et blancs, avant de voir apparaître les champs, jaunes, verts et bruns, alignés comme les cases d'un échiquier, de la campagne algéroise.

Se souvenir

Ali dispose sur son lit deux traversins, baisse le volet de bois de sa chambre tout en laissant la porte-fenêtre ouverte, l'air chaud entre, s'enroule à nos corps fous. Nous jouons au jeu de la maison close ; chacun doit choisir une femme imaginaire puis s'allonger sur elle pour se donner du plaisir ; après ça, nous rallumons son circuit électrique et misons de l'argent sur la voiture qui va gagner, souvent la sienne car il triche, je le sais, le laisse faire, je suis ailleurs, perturbée par le jeu que nous avons inventé, nous faisant la promesse de ne jamais en divulguer le secret ni de le pratiquer avec un ou une autre partenaire – nous sommes, aussi, frère et sœur de jouissance.

Savoir

Ma grand-mère appelait les esprits en faisant tourner les tables, lisait dans les pensées, faisait des rêves-visions, distinguait les bonnes ondes des mauvaises, déréglait les aiguilles de l'horloge de la maison du Thabor, celles de ses montres, elle était dotée, disait-elle, d'un magnétisme hors du commun, priait à l'église le dimanche, craignait le mauvais sort et les mauvaises âmes.

Quand ma mère l'a informée des agissements de Monsieur B., au hasard d'une conversation, sans l'accuser, comme si ce qu'elle rapportait n'était pas si grave, tout du moins pour elle, mais elle tenait à protéger ses petites sœurs, ma grand-mère lui a dit qu'il y avait un mot pour qualifier les filles de son espèce : « vicieuse ».

Par la suite, Monsieur B. est revenu voir ses amis, seul, puis bientôt accompagné de son épouse, car un homme ne doit pas rester célibataire trop

Tous les hommes désirent naturellement savoir

longtemps, c'est mauvais pour le sang, la bile, confia-t-il à mon grand-père.

Ils s'étaient rencontrés à Angers, s'apprêtaient à ouvrir ensemble une troisième pâtisserie, il l'aimait vraiment, autant qu'un homme peut aimer une femme, car les hommes et les femmes sont si différents, si incompatibles dans le fond, mais ça c'est une autre histoire et il n'avait pas envie d'en parler.

Quand il ne pouvait pas honorer les invitations de mes grands-parents, Noël, Jour de l'An, Pâques, grandes vacances, il leur envoyait par la poste les truffes au chocolat qui faisaient la renommée de ses établissements.

Se souvenir

Dans les années quatre-vingt-dix en Algérie, il y a des faux barrages ; les assassinats ont lieu en lisière de forêt, près des plages, sur les routes en lacets de la Kabylie, nul ne peut les prévoir ou les éviter.

On ne roule pas de nuit, ni à l'aube, on prie chaque fois de ne pas rencontrer les assaillants qui sèment la terreur au cœur de la beauté – au pied des falaises, au sommet de la citadelle, entre les ruisseaux, les vallées, surgissant de la brume et du soleil, des ténèbres et de la lumière, grimés, déguisés, armés de couteaux et de haches.

Je pense aux oiseaux, aux chiens errants, aux sangliers, aux écureuils qui assistent aux scènes, en me demandant si les animaux ont conscience de l'horreur, de la souffrance.

Le décor n'a pas changé, c'est celui de mes promenades, de mes découvertes, c'est de lui que

Tous les hommes désirent naturellement savoir

je tire la sensation d'appartenir à un monde plus vaste, plus riche que le mien : la terre ; et cette terre porte en elle toutes les promesses de l'avenir, de mon avenir.

Tout devient sang, suie, boue, glaise, feu : l'Apocalypse. Ils assassinent mon enfance.

Savoir

Elle ne pouvait pas soutenir mon regard. Mes yeux étaient bizarres, très grands, un peu globuleux, inquiétants, elle se sentait jugée.

Je lui faisais penser à un extraterrestre. J'étais différente des nourrissons qu'elle entendait hurler dans les chambres voisines. J'étais silencieuse, et j'avais l'air de dire : « C'est donc ça la vie et toi tu es ainsi, ma mère. »

J'avais une drôle de tête, j'étais moins belle que ma sœur qui avait tant de cheveux, une vraie petite poupée ; moi on ne savait pas, j'aurais aussi bien pu être une fille qu'un garçon.

Il faisait très chaud, c'était le dernier jour de juillet, elle était entrée la veille à l'hôpital, j'étais née à minuit trente, elle n'avait ressenti aucune douleur, comme pour ma sœur, grâce à la méthode d'un professeur russe. Puis on m'a *arrachée* à elle pour me mettre en couveuse, quelques

Tous les hommes désirent naturellement savoir

jours, j'étais trop petite, en avance de trois semaines, il fallait me protéger dans un ventre en plexiglas.

Elle avait peur, de ne pas me retrouver, de ne pas me reconnaître, j'avais disparu.

Quand je suis revenue, un miracle a eu lieu : je n'étais plus l'extraterrestre, mais l'enfant avec qui elle avait rendez-vous.

Ainsi naissent les passions tardives, dit-elle.

Devenir

Julia porte une chemise militaire, je vois son soutien-gorge en dentelle, sa peau ; ses cheveux noirs glissent dans son dos, sur ses épaules. À la porte de son appartement, pieds nus, je la trouve plus belle qu'au Kat.

Elle vit dans un studio sous les toits. Je n'entends pas les bruits de Bastille, ses bars, sa population, le chaos des voitures au-dehors. Dans la cour, deux arbres ont poussé l'un dans l'autre. Je suis hors de la ville, hors de moi, hors de tout ce que j'ai été, de tout ce que je serai, de tout ce que je sais.

J'entre et je vois son lit, je me dis à moi-même, pour me blâmer ou me féliciter : « Je suis homosexuelle. »

Je quitte mon enfance.

Je pense à ma grand-mère qui disait à mon sujet : « Celle-là, il faudrait la payer pour aller avec un garçon. Soit c'est une intellectuelle, soit

Tous les hommes désirent naturellement savoir

c'est une lesbienne. » Je lui donne raison et je lui en veux. Jamais je n'aurais pensé qu'il était si difficile d'accepter sa condition.

Je retire mon manteau, je n'ose pas approcher Julia, j'ai peur qu'elle m'embrasse, qu'elle me serre contre elle, qu'elle m'entraîne sur le lit. J'ai peur et je la désire. Cela aurait été plus simple avec un garçon, j'affronte deux forces et deux fragilités : ma nature et ma virginité.

Ma peur doit se lire sur mon visage, Julia ne tente rien. Trente ans à peine et elle fait si adulte comparée à moi – je me promets de ne pas penser à ma mère.

Se souvenir

C'est l'été de mes quatorze ans. Nous sommes à la montagne, près de Chambéry, dans une prairie. J'étouffe ici malgré la grâce des reliefs, des glaciers, prise entre les massifs, comme prise au piège de la vie. Mon obsession de la mort est permanente – un jour, tout s'achèvera. Je n'accepte pas. Je crois que c'est sexuel, je l'ai lu. La frustration.

J'imagine l'infini comme une spirale qui m'emportera.

Ma phobie est physique, elle me donne le vertige. Pourtant je suis portée par quelque chose de plus grand que moi, de plus puissant, de meilleur aussi, et cette simple pensée me rend meilleure à mon tour.

Je suis portée par la beauté, la poésie, l'ordre sublime de la nature, c'est cela ma religion : le vent dans les feuilles, la couleur des arbres

Tous les hommes désirent naturellement savoir

qui change, l'écume sur les sables, le soleil qui disparaît pour se lever sur un autre continent, les astres, les fleuves et les sources, la terre en mouvement, son feu intérieur que je sens sous mes pieds nus, les fleurs que je mâche et qui ont le goût des fruits, j'y puise de la force et un élixir d'éternité.

La nature me protège, m'élève vers la lumière, je lui fais confiance et la salue, les yeux baissés.

Ce jour-là, ma mère a une révélation. Je l'entends parler seule : « Si je ne fais rien, nous ne partirons jamais ».

Elle plie la couverture sur laquelle nous sommes assises, range l'eau, les fruits, les parts du fraisier dans la glacière, les magazines qu'elle a dépliés – ma mère achète tous les journaux, le papier la rassure. Nous regagnons le village, elle doit passer un appel urgent, je ne pose pas de question, je la suis.

En l'entendant parler avec mon père au téléphone, je pense à une dispute amoureuse. Elles ne sont pas rares. Elles éclatent comme des orages, se dissipent aussitôt.

Ils s'aiment, malgré leurs différends. Cela me rassure de penser ainsi. Ils sont les murs de mon château.

Tous les hommes désirent naturellement savoir

Le soir, je ne dors pas, étonnée de devoir quitter le lieu plus tôt que prévu. Le lendemain, nous rejoignons par le train Paris où je me sépare de ma mère qui rentre à Alger sans moi. Elle me prie de l'attendre à Rennes chez mes grands-parents où ma sœur vit désormais pour y suivre ses études supérieures.

Le mois d'août s'achève, septembre commence, je manque ma rentrée au lycée d'Alger.

Je me sens éjectée du circuit. Je tue le temps au parc du Thabor, avec ma jeune cousine Camille dans sa poussette, sa mère Franka, ma tante préférée qui ressemble à Jenna de Rosnay, et ma sœur qui est amoureuse je crois.

Chaque détail compte. J'y dilue ma tristesse. Ma sœur porte un tee-shirt blanc en v, un jean à pinces et une ceinture militaire jaune.

Quelques semaines plus tard, en fin d'après-midi, je suis dans le jardin, le téléphone sonne. J'entends ma grand-mère : « Je comprends, je comprends. Il faut que tu lui dises toi. Je te la passe. »

Ma mère est à Alger, elle organise le déménagement, elle a prévu de ne rien emporter, elle laissera ma chambre intacte car je ne suis plus une enfant. On achètera de nouveaux

Tous les hommes désirent naturellement savoir

vêtements, tout ce que je désire, aux Galeries Lafayette.

Elle a trouvé un appartement à Paris, dans le XVe arrondissement, quartier que je connais, je ne serai pas trop dépaysée puisque nous y avons déjà vécu quelques mois, dix ans plus tôt.

Il lui reste des formalités à régler concernant mon inscription, un seul collège accepte encore des élèves fin septembre, ce n'est pas le meilleur.

Elle me rappellera pour me dire quand je pourrai la rejoindre dans notre nouvel appartement, elle souhaite que tout soit prêt pour moi, que les meubles soient là, l'appartement n'est pas très grand, mais il est lumineux.

On partagera notre chambre, elle est désolée, c'est tout ce qu'elle a trouvé pour le budget dont elle dispose. Mon père va nous suivre, elle ne sait pas quand, mais il a promis.

Elle ne peut plus rester à Alger, elle est malade ; malade de ce pays. Elle fait des cauchemars. Elle en est certaine : tout ça finira dans un bain de sang.

Je reviens dans le jardin, à la radio passe la chanson de Billy Joël, « Honesty ». J'ai envie de pleurer, mais rien ne vient. Je regarde vers le ciel et je pense aux ruines romaines du Chenoua,

Tous les hommes désirent naturellement savoir

à cette photographie où je me tiens sur un promontoire face à la mer, dans le vent qui fait pencher mon corps.

Devenir

Je parcours du regard la bibliothèque de Julia, ses objets, ses disques de Carlos Jobim, il y a des romans d'auteurs sud-américains que je ne connais pas.

Julia est colombienne, elle a fui son pays à cause des cartels, je fais semblant de la croire. Elle apprend la photographie à Paris, elle rencontre de nombreuses difficultés, son existence est faite de barrages à franchir, d'épreuves, mais elle se sent en sécurité ici, même si sa famille lui manque.

Elle photographie des nus cerclés de cordes, de plastique, de chaînes, on ne distingue pas les visages, les peaux sont compressées, les muscles bandés, les veines explosent. Les corps la fascinent, ceux des danseurs surtout.

Elle me demande ce que je fais dans la vie, je réponds : « Étudiante pour mes parents, mais

Tous les hommes désirent naturellement savoir

j'écris, malgré mes dix-huit ans je sais, c'est ma raison d'exister, avec l'amour. »

Sur une table est posé un chapelet, elle le prend dans sa main et l'embrasse : « Tu verras, ça va éclore de toi comme les fleurs dans les champs quand vient la juste saison. »

Je ne sais pas si elle évoque l'écriture ou l'amour, ses mots valent pour les deux ; je tombe à ses pieds.

Se souvenir

À Timimoun, je me sens libre. Nous avons passé les puits de pétrole qui brûlent le ciel d'In Salah, franchi la route d'Adrar, traversé des paysages de pierres et d'alfa.

Les portes hautes et rouges de la ville surgissent, ainsi que son architecture soudanaise, la palmeraie – ici la vie est plus forte que tout, l'eau jaillit et nourrit les arbres, les fleurs, les plantations, elle est abondante et fraîche. La terre est une terre miraculeuse. Nous descendons dans l'hôtel que Fernand Pouillon a construit pendant l'Algérie française. Rien de mauvais ne peut arriver.

Je crois en un autre monde, le monde des légendes et des djinns. Un Touareg me demande de poser ma main gauche dans le sable pour y lire mon avenir dans son empreinte. Il sourit car j'ai l'air inquiet. Je ne crains pas d'apprendre ce

Tous les hommes désirent naturellement savoir

qu'il adviendra. Je crains qu'il découvre la vraie personne que je suis.

Se souvenir

À Alger, mon père reçoit l'appel d'un « officiel » : le petit avion privé de son frère de lait s'est écrasé dans une forêt près de Bamako. Les recherches sont en cours, le lieu est difficile d'accès.

Il nous réunit pour nous dire sa tristesse et son inquiétude.

Certain que je possède un pouvoir surnaturel, il me demande de me concentrer pour que l'on retrouve sain et sauf son frère de lait, m'indiquant sur l'atlas géographique où se situe Bamako en Afrique.

Un matin, la nouvelle tombe. Il est en vie, mais en mille morceaux, annonce par téléphone l'officiel qui tient mon père informé au jour le jour. Le pilote et le reste de l'équipage n'ont pas survécu.

Tous les hommes désirent naturellement savoir

C'est un miraculé. J'aime ce mot, me l'approprie.

Quelques mois plus tard, il raconte à mon père le crash, le bruit puis le silence ; il a eu peur des animaux, de la forêt et des braconniers plus que de l'accident en lui-même dont il ne garde que le souvenir du bruit sourd de l'impact et d'un éclair traversant la cabine.
Il a été éjecté de l'avion, ne pouvait plus bouger, il a mâché des racines gorgées d'eau en attendant l'arrivée des secours.
J'imagine une jungle peuplée de dinosaures et de plantes géantes comme dans mes romans d'aventures. C'est un héros.
J'apprends un nouveau mot, « attentat ». Il promet de se venger.

Devenir

Je n'avoue pas à Julia que c'est la première fois que j'embrasse une femme.

Elle plaque son ventre contre le mien, je sens son sexe et je la repousse pour ne plus le sentir.

Elle dit : « Si tu ne fais pas d'effort, ça ne fonctionnera pas entre nous. » J'imagine un système, des écrous, des vis et des fils, une mécanique, tic-tac, je ne sais pas, je ne veux pas.

Dans la nuit, Julia se donne du plaisir en trois minutes.

Je ferme les yeux. Je vois les champs de chardons bleus qui longent la route de Koléa.

Je m'endors dans ses bras, ce n'est pas son cœur que j'entends battre, mais le cœur de celle que j'imaginais avant de la rencontrer, avant de l'entendre jouir en pensant à une autre que moi.

Se souvenir

J'ai quatre ans lorsque nous quittons Alger pour la première fois, en 1971. Mon père est muté à Paris, dans une banque affiliée à celle d'Alger qu'il a intégrée après ses études.

Il a accepté Paris, pour ma mère, pour nous aussi, craignant pour notre avenir en Algérie en tant que filles et métisses.

Nous arrivons en automne. Nous nous installons rue Gutenberg, dans le XVe arrondissement. Je me souviens d'une épaisse moquette blanche, sur laquelle j'aime jouer car elle est chaude à cause du chauffage central par le sol. Me reviennent les murs aux briques rouges, les arbres nus, l'odeur de la boulangerie, des croissants, du métro, puis des images en désordre : mon père et son pardessus beige, le téléphone qui sonne, un ascenseur gris métallisé, ma mère et son manteau en peau, son parfum, Chanel numéro 5, ma sœur

Tous les hommes désirent naturellement savoir

et son « cahier de souvenirs » – chacune de ses amies lui a laissé un mot, une photo d'identité, un collage –, mon jeu de sept familles, les pulls en shetland, les bottes en caoutchouc, l'espace du nouvel appartement qu'il nous est impossible d'occuper en entier car il est provisoire.

Nous sommes de passage, sans le savoir.

Notre départ d'Algérie est une tragédie – la lumière, le parc, les arbres, l'odeur des fleurs et de la pluie sur la terre, la vie sauvage nous manquent.

Nos corps ploient sous la pluie.

Gutenberg dure deux ou trois mois. Puis il y a le train, mon grand-père, les banquettes rouges d'un compartiment, le bruit de la porte coulissante quand le contrôleur vérifie nos billets, le paysage derrière la vitre, le nom des villes, Le Mans, Laval, Vitré, Rennes, la maison près du Thabor, la chambre que l'on nous attribue à ma sœur et moi, avec un lustre, du parquet qui craque à chacun de nos pas, une cheminée, un angelot sur la cheminée, un miroir, un secrétaire anglais, un lit avec des voiles faisant une cabane, un abri, un bunker pour ma sœur, un lit plus petit pour moi, on ne veut pas nous séparer, mais chacune son lit, c'est l'étage de mes grands-parents, s'il y a un problème ils sont tout près.

Tous les hommes désirent naturellement savoir

Ma mère est là, pour combien de temps ? Je ne sais plus.

Elle nous installe, nous rassure, là aussi c'est provisoire, il ne faut pas s'inquiéter, c'est une nouvelle maison, avec un jardin, un chien, un chat, je vais bien m'amuser, il ne faut pas pleurer, à quatre ans on est déjà une grande fille courageuse, elle reviendra vite, c'est juré ; ils ont, avec mon père, des affaires à régler.

Tout se brouille, il y a un code auquel je n'ai pas accès pour ouvrir ma mémoire. Je cherche et je ne trouve pas. Les combinaisons sont infinies et je reste empêchée par quelque chose qui est plus grand que moi ; on a fixé une cordelette à mes chevilles, je n'avance pas ou je ne veux pas avancer car l'issue m'effraie – j'ai oublié pour ne pas savoir. Gutenberg, était-ce avant ou après Rennes ? L'appartement a-t-il existé ou est-il un lieu fantôme ?

Nous attendons chaque soir les appels de ma mère. Elle dit qu'elle est à Paris, j'entends le vide derrière sa voix. Je veux parler à mon père. Elle répond qu'il est occupé, qu'il rappellera. Il ne rappelle pas.

Nous nous organisons, ma sœur et moi, pour résister à ce qu'elle appelle « notre déracinement »,

Tous les hommes désirent naturellement savoir

mot savant malgré ses neuf ans. J'imagine le tronc d'un arbre arraché de la terre et je me dis que nous vivons dans cet arbre.

Le soir je monte dans son lit, je crains l'obscurité, ma mère me manque malgré le foulard imprégné de son parfum qu'elle m'a donné pour patienter la semaine avant son retour le week-end, parfois son absence dure plus longtemps, mais je ne me souviens plus, les semaines et les mois se confondent, je suis avec ma sœur, de cela je suis certaine, contre sa peau la nuit ; plus tard, avec les femmes que je rencontrerai, qui m'aimeront et que j'aimerai, je lutterai pour ne pas recréer cette bulle tendre et triste que nous formons à l'époque toutes les deux, moi voyant en elle tantôt une mère de substitution, tantôt mon double.

Devenir

Quand je dors chez Julia, Ely est au Kat avec la bande.

Elle se sent déprimée, s'ennuie de moi, je ne la crois pas, Ely n'a besoin de personne pour s'amuser, elle a juste envie qu'on l'écoute, elle a besoin des autres pour se sentir exister, mais elle ne fait pas exister les autres par son regard, bien au contraire, ses yeux scannent tout de suite ce qui ne va pas dans une tenue, une attitude, elle n'a pas besoin de parler pour que l'on se sente humilié, elle a ça en elle, le jugement sec, immédiat, elle ne se trompe pas et pour cette raison cela fait mal.

Le malheur de Laurence est entre autres lié à la dureté d'Ely. Elles ont eu une histoire ensemble, pas longtemps, assez pour qu'Ely lui brise le cœur en la trompant un soir devant elle alors qu'elle était « défoncée ».

Tous les hommes désirent naturellement savoir

Ely estime que les alcooliques ne peuvent pas être avec des droguées, ce sont deux écoles différentes, deux voyages opposés. L'alcool soude à la terre, la drogue propulse au ciel. Ely aime sentir le sol sous ses pieds, sous ses paumes si elle tombe. Elle se méfie des nuages, des brumes et des vapeurs. Le ciel est un passage vers la mort.

Ely me raconte ce qui est arrivé l'autre soir.
Au Kat, il y avait une actrice qui a joué dans un film avec Jane Birkin. Dans le film, elles avaient tourné ensemble une scène sexuelle, mais ni l'une ni l'autre n'est *comme ça*, dit Ely.
Ely ne se trompe jamais sur les penchants des femmes. Elle sait repérer quand une hétérosexuelle est au bord de basculer ou quand elle nie son homosexualité. Elle reconnaît l'ouverture ou la fermeture. Il y a des femmes rivées aux hommes ; même si cela nous dépasse, dit-elle, il faut respecter. Pour elle, les hommes et les femmes ne sont pas faits pour être ensemble, ils sont trop différents. Elle ne croit pas à la complémentarité. Les différences font se perdre soi au contact de l'autre pour essayer de lui ressembler, et ce combat est vain, perdu d'avance.
Entre femmes, il n'y a aucune prise de pouvoir d'un corps sur un autre, on est à égalité et ça joue pour la suite, l'égalité physique, même si l'un des

Tous les hommes désirent naturellement savoir

deux esprits domine, il n'y a pas ce schéma de l'asservissement du plus faible.

Pour Ely, certains hommes sont des adversaires, il ne faut pas l'oublier : c'est la violence naturelle. Elle me conseille de rester vigilante en présence d'un homme, parce qu'on ne sait jamais comment le désir peut tourner quand il n'est pas assouvi ou quand l'autre le méprise, or cela se voit que je méprise le désir des hommes.

Je démens ses propos, je ne suis pas ainsi, ou alors je n'en ai pas conscience. J'ai juste peur des hommes de la nuit.

Ely dit que cela prendra des années, à cause des autres, pour pouvoir être fières de ce que nous sommes, mais qu'un jour les temps changeront.

L'Actrice était avec deux amies, son producteur, son agent, un homme assez grand qui faisait office de garde du corps d'après Ely.

Il surveillait les moindres gestes des filles qui entouraient l'Actrice comme si on allait l'attaquer, la toucher, ou lui mettre de la drogue dans son verre, c'était ridicule, il y avait une sorte d'effervescence, les filles qui étaient derrière la piste, les *loseuses*, demandaient des autographes, Elula était nerveuse, mais ça restait sous contrôle.

Tous les hommes désirent naturellement savoir

Et puis Laurence a vrillé. Elle avait pris du speed, Lizz avait quitté plus tôt le Kat, elle était fatiguée, mais Ely pense qu'elle avait un rendez-vous ailleurs, avec un homme ou une femme, parce qu'elle l'avait surprise aux toilettes en train de se remaquiller, de se recoiffer et de se parfumer avant de partir et cela lui avait fait de la peine pour Laurence, parce qu'à chaque fois le même scénario se reproduit.

Personne ne peut vaincre le mal de Laurence, personne ne peut contenir sa force.

Laurence a voulu parler à l'Actrice. On lui a fait comprendre que c'était impossible. Ely était en retrait, mais surveillait. Laurence était persuadée d'avoir rencontré l'Actrice dans une autre vie, qu'elles étaient connectées, que c'était un signe, qu'il fallait saisir cette chance, ne pas la laisser passer, car si on laisse s'échapper sa chance elle se transforme en malheur.

Ely avait beau lui dire que tout cela n'était pas vrai, qu'il fallait arrêter car l'agent était agressif, Laurence voulait parler à l'Actrice, juste quelques mots, c'était important, elle avait un message à lui délivrer.

Laurence a renversé les verres qu'il y avait sur la table, sans le faire exprès, elle a posé sa main sur la cuisse de l'Actrice, puis tout est allé très vite, comme dans un film. L'agent a cassé une

Tous les hommes désirent naturellement savoir

bouteille et l'a menacée avec un tesson : « Tu touches encore, je t'ouvre. »

Ely dit que c'est comme si Laurence n'était plus incarnée, comme si la drogue avait dévoré sa chair, ses os, comme s'il n'y avait plus rien à l'intérieur de son être, comme si elle avait quitté les vivants.

Se souvenir

Ma mère est partie en Amérique avec Andréa. Elles ont pris un petit avion pour se déplacer à l'intérieur du pays. Andréa devait rendre visite à des amis mexicains, mais ma mère ne peut pas en dire plus, c'est confidentiel, et nous sommes trop jeunes pour comprendre.

Survolant le triangle des Bermudes, le petit avion a été pris dans une tempête, les îles sont connues pour leurs ondes magnétiques qui brouillent les instruments de navigation, il a piqué, puis le pilote a réussi à rétablir l'appareil, frôlant presque l'eau dit ma mère, on leur a servi des cognacs, ce qui est toujours très mauvais signe, mais ma mère n'a pas eu peur, bien au contraire, elle avait conscience de vivre un événement d'une intensité rare, et malgré la menace, c'était un moment précieux car seul le danger révèle aux êtres leur rapport à la vie ; en quelques

Tous les hommes désirent naturellement savoir

secondes elle en a appris sur elle davantage qu'en plusieurs années : elle est plus forte qu'elle ne le pensait, n'a aucun attachement, même si elle nous aime plus que tout, nous ses filles, elle respecte ce que lui réserve le destin et si elle avait dû mourir pendant ce vol, c'était écrit et l'on ne pouvait rien y faire ; mieux, elle a éprouvé une forme de soulagement, si près de la mort, elle a ressenti une sorte de plaisir à regarder dans les yeux sa propre fin, à être l'héroïne de son existence, occupant en entier l'expérience qu'elle traversait.

Ma mère nous raconte cette histoire en écoutant le disque de Barry White qu'elle a découvert dans le 747 de la TWA qui la ramenait à Paris avant de rentrer à Alger.

Pour moi, toutes les chansons se raccordent aux mystères et aux paradoxes de ma mère – tristesse et joie, ombres et sensualité.

Se souvenir

À Rennes, je suis inscrite à la crèche du Thabor, ma sœur au cours élémentaire de la Duchesse Anne.

Ma grand-mère travaille à mi-temps pour venir nous chercher, elle redevient une mère, qui cette fois-ci a de la patience avec des enfants, et de l'amour peut-être. Personne ne résiste à mes baisers, pas même la femme au cœur sec comme du bois.

Elle cède à nos caprices, des canards, des lapins, une tombe pour le merle mort, dormir avec le teckel aux oreilles de velours qui sentent la noisette, faire des crêpes, jouer à la marchande, sortir la balance et la caisse enregistreuse, danser, chanter, jouer avec les feuilles mortes, la neige, cueillir les premières roses, aller voir la mer.

Je pleure de moins en moins, trouvant ma place dans la grande maison dont chaque chambre

Tous les hommes désirent naturellement savoir

renferme un secret. La voix de ma mère au téléphone est de plus en plus claire, le vide a disparu, elle va bientôt revenir nous chercher, je ne veux plus repartir, je me suis habituée à mon nouveau lieu, à mes nouveaux amis, aux dimanches chez mon arrière-grand-mère qui cuisine pour nous – poule au pot, pommes de terre, rôti de porc, compotes, mousse au chocolat –, qui achète des gâteaux à la boulangerie pour le goûter devant la télévision et les tours de Gérard Majax. Je veux devenir magicienne, transformer le réel quand il ne me convient pas, raconter les histoires à ma façon et en modifier la fin si elle n'est pas heureuse.

Nous passons notre temps sur les balançoires du jardin de Maurepas près de l'appartement-musée de mon arrière-grand-mère, réserve de trésors de son mari capitaine au long cours, qui a rapporté de ses voyages des bijoux, des statues, des médailles, magots de pirates retrouvés et à nouveau dérobés pour séduire et garder cette femme qui faisait tourner la tête des hommes avec ses parfums capiteux, son rouge-baiser, ses manteaux d'opossum, ses jambes longues comme les danseuses de French cancan.

Dressées sur les balançoires, nous sommes, ma sœur et moi, deux oiseaux libres et sans attache.

Se souvenir

Sur les routes du désert, des mirages se dressent devant notre voiture : des rouleaux d'eau et d'écume semblent avancer vers nous pour nous engloutir, puis, par un jeu d'ombre et de lumière, ils disparaissent sitôt approchés.

Le mirage n'est pas une illusion. La vraie vie est là, au cœur du Ténéré, comme si nous avions existé jusqu'à présent dans un monde irréel, artificiel, passant à côté de nous-mêmes et de la vérité. Aucun homme ne croise notre chemin. Aucun bruit ne vient rompre le silence.

Nous sommes en paix, dit ma mère comme on le dit de ceux qui nous ont quittés.

Savoir

Pendant la guerre, les voisins de mes grands-parents ont été arrêtés un matin par la police française puis emmenés vers un lieu tenu secret.

Ma mère regardait la scène depuis sa fenêtre, c'est arrivé juste avant qu'elle ne quitte la ville avec sa famille pour se réfugier à la campagne.

Les voisins étaient calmes, résignés, ils obéissaient aux ordres des officiers qui étaient venus les chercher, eux et leurs deux jeunes enfants ; ils sont partis sans bagage, juste le temps de mettre un manteau, de prendre une écharpe, il faisait froid, puis les portières ont claqué et l'on a entendu un bruit de roues et de moteur, comme si la voiture s'échappait, soudain hors de contrôle.

Dans la nuit, quelqu'un avait écrit à la peinture noire sur le rideau de fer de leur magasin : JUIFS.

Tous les hommes désirent naturellement savoir

Ma mère a demandé à sa mère ce que cela signifiait et ce que l'on pouvait faire pour aider les voisins, ma grand-mère lui a répondu : « Rien, et il ne faut surtout pas s'en mêler. »

Quelques années plus tard, évoquant une partie de la famille que l'on ne fréquentait jamais, la branche Aschpiel, ma mère a reçu à peu près la même réponse : « Je ne veux pas en parler, car la guerre peut reprendre un jour ou l'autre, qui sait ? »

Se souvenir

Selon ma mère, on ne peut affirmer d'où l'on vient sans se tromper, l'origine est semblable à un chemin tortueux qui se divise lui-même en plusieurs chemins tortueux, même un arbre généalogique ne peut restituer la vérité car le propre de la famille est de garder les secrets, de ne jamais les révéler, et de les nier quand ils sont trahis.

La famille, c'est la chambre interdite de la mémoire interdite, et cette cellule close fait des ravages ; quand je lui demande la nature des ravages, à son tour ma mère répond comme un automate : « Je ne peux pas te dire. »

L'histoire des vies s'impose à moi comme une multitude de questions sans réponses, de doutes, d'ombres, de peurs et de fantasmes, je peux tout imaginer au sujet de notre famille Aschpiel, l'Europe centrale, les voyages, la clandestinité, les

Tous les hommes désirent naturellement savoir

camps peut-être, tout est dissimulé et tu, non par honte, mais par peur.

La famille est le terreau de la peur et j'ai peur, je ne connais pas mon passé ni celui de mes ancêtres, je porte leur tristesse et peut-être leurs méfaits, je suis le vecteur, tout passe et passera par moi, car mes yeux cherchent ce que personne ne cherche, parce que je vois chez ma mère ce que personne n'a vu, parce que je vais écrire et que les mots reconstitueront la scène, vraie ou fausse, inventée ou rapportée, je la ferai exister pour qu'elle cesse de me hanter.

Quand ma mère est rentrée avec sa robe déchirée, j'ai été marquée par le bruit particulier de la chaudière centrale, cachée dans les buissons du parc de la Résidence. Tous les mois qui ont suivi, ce bruit est resté associé à la vision de ma mère à demi nue avec de la suie sur la peau, et faisait renaître cette image ; à chaque fois je reconstituais l'histoire que ma mère refusait de livrer – parce qu'il n'y avait rien à dire de plus, qu'il ne s'était rien passé de plus, elle a laissé le soin à mon imagination de construire une autre histoire, différente de la sienne, pour l'envelopper, la soigner, l'effacer avec de la lumière, de la couleur, du parfum, car la beauté habille la vérité.

Se souvenir

Les habitants des villages de Kabylie s'arment contre les assaillants. Des femmes, des hommes défendent leurs familles, leurs habitations, leurs champs. Ils tuent pour la vie et la liberté. Ils vont contre la peur, dans la beauté des montagnes et dans la rudesse de cette nature qui ne les a jamais protégés, complice de ces nouveaux soldats du malheur qui sèment la terreur et le chaos. Ils ne dorment pas, se relayent, fusil à la main, éclairant la vallée avec les faisceaux lumineux de leurs lampes torches, traquant l'adversaire comme ils traquent les loups pour protéger les troupeaux, les poulaillers, les enfants. Ils gagnent leur guerre, en silence et dans la solitude, se prenant en photographie, le visage recouvert d'un foulard, pour ne jamais oublier ce qu'ils appellent « la seconde révolution ».

Devenir

Julia m'appelle souvent, elle fait mine de s'inquiéter quand je ne réponds pas. Je la soupçonne de me téléphoner avant de sortir ; elle est injoignable la nuit, je raccroche dès que son répondeur se met en route.

Dans le Milieu des filles, j'apprends le mensonge. Je ne sais pas si c'est lié à la nuit, ou à l'homosexualité, comme si le mensonge était une extension de notre nature à force de nous cacher, de dissimuler, pour nous protéger des autres. La parole se déforme comme un vêtement trop porté, un objet trop utilisé. Chacun ment et je mens à mon tour, sur mon emploi du temps, sur mes pensées, sur mes sentiments.

Quand Ely me demande si cela s'est bien passé sexuellement avec Julia, je lui dis de revoir *L'Empire des sens* pour se faire une petite idée. Quand elle me demande si je suis amoureuse, je

Tous les hommes désirent naturellement savoir

réponds que l'on n'est pas amoureux à dix-huit ans, impossible, l'amour c'est pour les vieux, et puis il n'existe pas, nous, nous le savons.

Ely se félicite, j'ai changé à son contact, je ne suis plus romantique, je suis devenue lucide, j'ai ouvert les yeux ; elle est rassurée, je ne vais pas souffrir. Julia n'est pas sérieuse, pas fidèle, elle n'a pas de parole, je dois m'en méfier, vraiment, d'ailleurs Ely s'est étonnée de la voir au Kat, en semaine, sans moi.

Je réponds que j'étais malade ce soir-là.

Je ne sais pas si Ely me croit, mais je sais que Julia me ment. Je la connais depuis quatorze jours et je ne la connais pas. Je suis folle amoureuse d'elle : elle est la première, elle m'échappe, elle me fait du mal.

Je ne cherche pas à souffrir. Je n'aime pas souffrir. Je ne veux pas souffrir, mais la souffrance me réveille. Elle ouvre mon cœur. Elle fait trembler mes mains. Elle me fait écrire – je rapporte la nuit des femmes dans ma chambre, je la maquille, je l'arrange, c'est ma poupée, ma poupée Bella dont je tiens le journal désormais dans l'espoir qu'il soit trouvé et que je n'aie plus à m'expliquer – que l'écriture parle pour moi et me délivre.

Se souvenir

En Algérie ma mère porte des robes kabyles à fleurs dans la maison, des djellabas, des boubous africains, des vêtements si amples que je peux m'y glisser et saisir son corps comme si je l'avais réintégré ; il n'y a pas eu de séparation, peau à peau, chair à chair, cœur qui bat près du cœur de l'autre, sang contre sang, vie redoublée par la vie, pas de rupture, pas de mort, ma mère est une mère animale, donnant les baisers qu'elle n'a pas reçus, sans les compter, sans les contrôler, répondant aux étreintes sans fin, aux promesses folles, à la vie à la mort, ne jamais se quitter, rester collées, s'épouser ; parfois c'est trop – ma grand-mère : « Tu ne devrais pas lécher tes enfants ainsi », ma sœur : « Vous me dégoûtez » –, nous avons inventé un jeu, « nez dans l'œil », un code dans la rue, main dans la main : une pression *Je t'aime*, deux pressions *Marche plus vite on nous*

Tous les hommes désirent naturellement savoir

suit, trois pressions *Bonheur absolu*, zéro pression *Le temps passe et il est beau quand nous sommes ensemble* ; je plonge des rochers pour l'épater, monte aux cimes les plus hautes, touche le ciel pour la contaminer par la beauté et la poésie, je veux guérir ses plaies, apaiser ses tourments, la venger de ses ennemis ; je lui promets de la chérir, de la protéger ma vie durant – je la trahirai, forcément –, et je chante « La maladie d'amour » parce que c'est nous.

Se souvenir

Ali a un chien, un berger blanc qu'il a appelé Poly à cause des aventures du cheval de la bibliothèque rose puis du dessin animé. Il l'a trouvé sur la route des plages, perdu dans les roseaux. Il l'a nourri au biberon puis avec une bouteille d'eau minérale dont il a coupé l'embout. Poly mange des fruits, des graines, du riz. On l'appelle le chien surnaturel. Il a des yeux si clairs qu'on le croit aveugle. Il marche sur trois pattes, parfois quatre, cela dépend des saisons. Il ne court pas, ne joue pas, se met sur le dos pour prendre le soleil, dort dehors sur la terrasse ou dans les feuillages. Il ne craint ni le vent ni la pluie, tourne sur lui-même lorsque l'orage approche.

Poly n'obéit qu'à Ali, son maître.

Quand je viens à la villa, il l'attache avec une chaîne à un arbre. Poly est tombé amoureux de moi, d'après Ali. S'il échappe à sa vigilance,

Tous les hommes désirent naturellement savoir

son chien me renverse et s'allonge sur moi, son ventre contre mon ventre. Ali attend quelques minutes avant de me délivrer.

Après mes larmes, il dit : « Tu ne peux pas te plaindre d'être aimée. »

Devenir

Les clubs de femmes ferment les uns après les autres, le Baby Doll, le Nuage, le New Monocle. Julia ne m'emmènera pas Chez Moune – ce n'est pas de mon âge.

Le Garage lui aussi va bientôt fermer, problème de trésorerie. Ce sont les dernières soirées, il faut en profiter. C'est mieux que le Kat, plus grand, Julia doit y retrouver Sophie et Gil, et un groupe d'amis qu'elle tient à me présenter. Je suis rassurée – je ne lui fais pas honte ; elle tient peut-être à moi plus que je ne le crois.

Je m'y rends seule, Julia a un dîner avant, je ne suis pas invitée, je ne demande pas avec qui, je préfère ne pas savoir.

Elle ne me considère pas, je le sais, je m'invente des histoires à son sujet, je me perds dans la nuit, je ne me rends plus en cours, je ne me présente pas à mes examens, je manque les travaux dirigés,

Tous les hommes désirent naturellement savoir

je ne supporte plus la fac d'Assas, ce qu'elle représente, je vis à l'envers de ses étudiants, mais je ne trouve pas d'alliée dans ma nouvelle existence, les femmes que je fréquente sont des rivales, des partenaires de sorties, jamais des amies.

Julia n'est pas l'amoureuse : l'amour n'existe pas.

À l'entrée, on contrôle ma carte d'identité puis on me laisse passer. Je me noie dans une masse de femmes que je compare à un essaim. Je retrouve cette odeur de peau, de cheveux, de sueur, de parfum, de sexe, qui me relie à ma mère, à ma famille, au jugement qu'ils pourraient porter sur moi, je refuse de salir ce que je vis et pourtant, je me sens sale : je me contente de si peu.

Ici tout gravite autour de Julia, la chanson de Blake qui passe – « Wonderful Life » –, les fragments de lumière du stroboscope, les danseuses ivres, et moi qui me fraye un chemin vers elle qui ne me regarde pas.

À sa table, des femmes, des filles, un garçon qui doit avoir mon âge, très fin, les cheveux mi-longs, bruns, un danseur je crois, nos regards se croisent, il me sourit, Julia me voit à cet instant, elle se lève, me prend par la taille, je me sens exister ; je ne pourrais plus vivre sans les femmes, sans leur

Tous les hommes désirent naturellement savoir

douceur et leur violence. Elles sont mon royaume et ma prison.

Je suis à Julia, sans lui avoir donné du plaisir. Je pense à elle sans qu'elle pense à moi. Je l'aime sans retour.

Elle me présente à ses amies : Fred, une Antillaise habillée en homme, cheveux courts, gominés, et Martine, sa femme, comme elle l'appelle, même si elles ne sont plus ensemble.

Martine est blonde, petite, en jupe et chemisier à fleurs. Fred boit du cognac, fume des cigarillos, elle porte un foulard en soie avec un imprimé. Pendant qu'elle me parle, je compte le nombre de motifs qu'il y a sur son foulard pour détourner mon attention de Julia qui se rapproche du garçon, Sami, et de sa sœur Nour, une fille brune en perfecto, très jolie malgré la cicatrice qui barre le côté droit de son visage.

Gil est triste, Sophie va la quitter, elle ne supporte plus cette tension entre elles ; au début, pourtant, ça l'avait attirée. Il ne faut pas s'en mêler, prévient Julia, parce qu'elles finissent toujours par se réconcilier et en veulent ensuite à leur confident. Je n'interromps pas Gil, qui me parle : « Tu penses que c'est moi qui ne vais pas bien, je le sais, Sophie se plaint dans tout Paris à mon sujet, mais ce n'est pas la vérité, moi je te dis la vérité,

Tous les hommes désirent naturellement savoir

elle me cherche sans arrêt, parce qu'elle aime ça, que je m'énerve, elle dit que c'est la passion, sinon elle s'ennuie, elle veut se faire bousculer, alors que moi je n'aime pas ça, la bousculer, je te promets, on ne touche pas aux femmes, jamais, c'est du cristal, tu sais moi ma mère c'est ma déesse, on est séfarades, chez nous, les femmes, le respect, c'est très important, je ne dis pas qu'ailleurs ce n'est pas comme ça, mais chez nous tout vient de la mère tu comprends, et pour moi toutes les femmes me ramènent à ma mère, au respect que je lui porte, alors Sophie je ne lui toucherai jamais un cheveu, jamais, c'est elle qui demande et pour la garder j'ai accepté, mais je ne veux plus, c'est pas ça l'amour, c'est son mec d'avant qui l'a abîmée, elle débloque maintenant, moi je ne veux pas tomber là-dedans et pourtant je l'ai dans la peau, quand on se sépare mon existence est vide, c'est comme si on retirait l'eau d'un fleuve tu comprends, il ne reste que la glaise et les cailloux, Sophie c'est la beauté dans la vie, sans elle tout devient laid, et moi je n'ai plus d'importance, je suis un pion dans la ville, je me sens vide et je n'en peux plus de cette histoire, elle me détruit, c'est ça, je suis détruite par l'amour malade, comme un fruit tu vois, un fruit qui est encore beau, mais qui par endroits est complètement pourri. »

Tous les hommes désirent naturellement savoir

Bientôt je deviendrai comme Gil, perdue et sans substance.

Nour tient Julia par les épaules, elle me sourit, je me laisse emporter par la chanson des Simple Minds que j'adorais à quinze ans, seuls trois ans me séparent de mon adolescence et c'est un gouffre. En quelques mois j'ai appris sur moi bien plus que pendant toutes les années de mon existence réunies.

En sortant du Garage, Nour dit à Julia : « Je t'appelle. »

Dans le taxi qui nous ramène, je pense à la manière dont je dois m'y prendre pour lui donner un peu plus comme elle me l'a demandé, il me semble donner tant déjà, je n'ai aucune idée de l'intensité sexuelle qu'il faut avoir en soi pour que l'autre reste et vous aime.

Chez elle, Julia fume une cigarette à la fenêtre. Elle pense à Nour : elle va la revoir bientôt ; elle pense à moi : elle s'est trompée.

Se souvenir

J'espionne ma sœur et ses amies qui prennent le soleil en retrait, elles retirent le haut de leur bikini, roulent le bas pour que la lumière couvre le maximum de leur corps, le vent ramène vers moi le parfum de leur huile solaire, je me tiens cachée derrière les rochers de la crique où nous passons nos journées à plonger, nous baigner, ivres de bonheur et de liberté, dans une Algérie secrète qu'aucun étranger ne vient visiter, nous sommes dans le ventre de l'Afrique du Nord qui est, pour moi, le ventre du monde, mon paradis que je n'accepterai jamais d'avoir perdu. J'y ai abandonné mon innocence et ma vertu.

Se souvenir

Pour m'endormir, Ourdhia chante la chanson d'Idir, « A Vava Inouva ». Elle est assise sur mon lit, mon visage sur ses genoux. Elle porte une robe ceinturée, a les pieds nus, orange de henné, des bracelets fins en or aux poignets, une bague au petit doigt, comme une chevalière qu'elle embrasse en disant que Dieu me protège, qu'il ne va rien m'arriver, que je peux laisser le sommeil venir me chercher comme s'il était un ami m'entraînant vers une forêt enchantée.

Je la crois, ferme les yeux, je ne veux pas la quitter, je lutte contre la fatigue. Elle est toutes les femmes et toutes les étoiles qui traversent mes rêves.

Savoir

Il était en avance, impatient, il allait neiger, il n'avait pas peur, il n'avait pas honte, il avait envie d'en finir, de régler ses comptes, il lui avait demandé un rendez-vous, il devait lui parler.

Elle l'a reçu, l'a conduit au salon bleu. Elle a fermé la double porte derrière eux, s'est assise au bord du canapé de velours, a croisé les jambes, l'a fixé, elle attendait des explications.

Elle l'a trouvé beau, poli, il devait cacher quelque chose comme tous les gens de *son peuple* dont elle craignait les réactions. Elle s'est étonnée de son éducation, de sa manière de s'exprimer. Il citait Ronsard. Il aimait la langue française et la maîtrisait mieux que certains de ses enfants à elle, elle en convenait.

Il était sérieux, travaillait beaucoup, était le premier de chacune de ses promotions. Il avait

Tous les hommes désirent naturellement savoir

ses défauts, comme tout le monde, mais ne désirait que le bonheur de sa fille.

Elle l'écoutait, employait pour désigner le territoire d'où il venait les mots « village », « contrée », « gens ».

Le métissage ça n'existait pas, pas chez elle.

Elle regardait ses mains, ses gestes, sa façon de se tenir, c'était ce corps qui s'endormait près du corps de sa fille dans la chambre de la cité universitaire qu'ils occupaient. Ils vivaient grâce à une bourse que leur versait la mutuelle des étudiants. Elle avait pris le parti de ne pas aider sa fille – que celle-ci assume son choix. Un jour, elle lui avait quand même fait parvenir un demi-poulet en apprenant qu'elle ne mangeait pas à sa faim.

Il s'en voulait de s'excuser.

Il a rapporté comment il était passé d'un pays à un autre, d'un milieu à un autre. Sa famille lui manquait. Son frère était parti au maquis. Il n'avait plus aucune nouvelle de lui. Il était inquiet.

Il a évoqué sa force, son endurance, il tenait bon depuis toujours, n'avait peur de rien, c'est ainsi qu'il menait son destin, car il avait un destin, de Jijel à Rennes, de l'Algérie à la France, il allait conquérir le monde, élargir ses perspectives, il en faisait la promesse.

Il lui a demandé la main de sa fille.

Tous les hommes désirent naturellement savoir

Elle n'était pas d'accord, considérait que c'était trop tôt, ils étaient trop jeunes pour s'engager, ils se connaissaient à peine, l'amour réserve bien des déconvenues.

Mais il ne pouvait pas faire autrement, compte tenu de la situation.

De quelle situation parlait-il ?

— Nous attendons un enfant.

— Je ne vous raccompagne pas, vous connaissez le chemin.

Dans la rue, pour lui, c'était la nuit.

Devenir

Dans la nuit, Ely a quitté le Kat, tout l'énervait, c'était le soir où j'étais au Garage, elle a marché vers l'île Saint-Louis, arrivée à la hauteur du pont qui fait un décrochement elle est montée, a regardé le fleuve, je la crois ou pas, mais elle a vu cinq visages flotter dans l'eau, ils lui souriaient, l'appelaient, c'était effrayant mais attirant, elle est redescendue, les a regardés, a réfléchi, allumé une cigarette, elle avait le choix, continuer à marcher ou les rejoindre, elle a hésité un moment, il pleuvait, elle grelottait, les voix montaient du fleuve, de plus en plus fortes, elles disaient son prénom, le vrai, « Élisabeth, Élisabeth, Élisabeth », cela lui faisait penser à une histoire qu'on lui racontait enfant, celle d'une laveuse de morts qui vole la bague d'une femme avant son enterrement, et la femme revient la nuit en répétant « Rends-moi

Tous les hommes désirent naturellement savoir

ma bague, rends-moi ma bague ». Les voix insistaient, elle est remontée et elle a sauté, je ne me rends peut-être pas compte, mais c'est fou, elle a sauté, et le pire, c'est qu'elle s'est sentie tellement bien dans la Seine avec tous ces visages autour d'elle, des amis, de vrais amis. On ne sait rien de l'amitié, me dit Ely, nos nuits ne nous lient pas, chacune cherche à sauver sa peau, cela devient insupportable pour elle d'implorer l'amour, les femmes du Milieu n'ont rien à offrir, je ne dois pas l'oublier, Ely non plus n'offre rien, elle en a conscience, à part du sexe, mais elle ment souvent, il faut que je le sache, parce qu'en réalité elle aussi attend l'amour. Dans l'eau, les visages avaient disparu, elle a compris combien elle était seule, orpheline, pas à cause de sa mère, mais orpheline d'elle-même, tant elle se perdait, tant elle ne s'appartenait plus. C'est un homme qui l'a sauvée, un Allemand en vacances à Paris, il a plongé, l'a ramenée sur la berge, il voulait appeler les pompiers, Ely l'a insulté, elle s'en veut, mais après tout elle ne lui avait rien demandé.

Se souvenir

Dans la maison de Rennes, je sais tous les bruits la nuit, je ne dors pas, collée au corps de ma sœur, la maison est un ventre qui m'abrite, un organe qui me nourrit, il y a les deux poids de l'horloge qui cognent l'un contre l'autre, puis minuit sonnant, le chat qui marche sur les graviers du jardin, les pas de mon grand-père sur le parquet, il rentre tard, soit pour nous éviter, soit parce qu'il a du travail, mais je me demande qui se rend chez le dentiste en pleine nuit, et puis il y a un bruit électrique à l'intérieur du mur que je suis la seule à entendre, ni ma sœur, ni ma grand-mère ne l'ont jamais entendu, il monte de la cave, de la réserve à charbon, passe par la cheminée du salon et court juste derrière le papier peint Liberty – j'imagine les histoires de ces femmes et de ces hommes qui chassent avec leurs chiens, se promènent, bras dessus bras

Tous les hommes désirent naturellement savoir

dessous, des ombrelles à la main, s'allongent sous les saules pleureurs dont les branches retombent comme des plumeaux géants sur les personnages de papier qui sont mes nouveaux amis, je me sens seule sans ma mère, je ne compte pas les jours qui me séparent d'elle, je suis trop jeune à quatre ans pour avoir une notion du temps, pour pouvoir me le représenter.

Je nage au centre de l'océan sans aucune rive sur laquelle accoster.

Devenir

Entre Julia et moi, cela ne prend pas, il y a un interstice séparant nos peaux, nous manquons d'harmonie, c'est de ma faute, à cause de mon manque d'expérience, de mon obsession aussi, l'obsession de mon époque et de ma génération, j'ai la hantise de la maladie, de la contamination, du sang et de la salive, de la sueur et de la lame de rasoir dans sa salle de bains, posée sur le lavabo et que je ne touche pas par crainte de me couper.

Je tente de dresser l'inventaire de ses partenaires, des hommes et des femmes qui m'ont précédée, je lui demande si elle utilise des préservatifs, si elle a connu des prostituées, des toxicomanes, si elle a été transfusée ou si elle a donné son sang dans un pays étranger (je suis comme atteinte de folie), puis j'arrête quand Julia dit :

Tous les hommes désirent naturellement savoir

« Tu me prends pour qui, tu crois que je suis séropo ou quoi ? »

Je découvre avec le Sida un moyen de détruire la naissance de mon histoire avec Julia et peut-être toutes mes histoires à venir, je ressemble à ma mère, je ne mérite ni la joie ni la légèreté, me punis pour ce que je suis, m'interdis d'être heureuse ; ainsi je ne trahirai jamais la lignée familiale, la tradition voulant qu'aucune romance ne soit tendre, qu'aucun amour ne s'épanouisse, qu'aucune jouissance ne soit innocente.

Je comble les manques de mon histoire avec Julia en écrivant des jours entiers, croyant qu'une force perdue se reconstruit par les mots, par la fiction, j'entre dans un second monde qui me semble moins dangereux que le premier alors qu'il réinterroge les énigmes qui me hantent.

L'écriture n'apaise pas, c'est le feu sur le feu.

Se souvenir

Des familles françaises sont restées sur les terres algériennes, elles ont rendu leurs fermes, l'État est devenu propriétaire des champs, des complexes agricoles, de chaque arbre qui donne un fruit, les orangers, les citronniers, les oliviers. L'économie de l'URSS est un modèle, les Chinois sont reçus en Algérie en éclaireurs, le Cirque de Chine se produit au Théâtre national où ma sœur avec sa classe de danse présente *Casse-noisette*, le ballet est filmé par la RTA, ma mère a cousu des rubans verts sur son tutu, je la reconnais à l'écran, j'ai envie de pleurer, je suis fière de la voir s'envoler sur ses pointes, je sais qu'elle a les pieds en sang.

Les représentants socialistes français ont de grandes idées, eux aussi, pour l'Algérie, le président Houari Boumédiène les reçoit, un à un, fier, à l'écoute de ceux que l'on a congédiés

Tous les hommes désirent naturellement savoir

quelques années plus tôt ; on dit que les autorités ont déversé des litres de parfum dans le fleuve El Harrach situé aux abords de l'aéroport pour qu'il sente moins mauvais.

À cette époque, la famille Grangaud vit dans une petite maison en face de chez nous, je les regarde depuis ma fenêtre tous les jours, s'affairant dans leur jardin, sur leur terrasse, en extérieur le plus souvent, c'est une famille nombreuse qui semble se démultiplier au fil du temps, ils me fascinent.

Je me demande s'ils se sentent Algériens ou Franco-Algériens ou chrétiens d'Algérie, ou Français sans patrie, pieds-noirs et survivants.

Je les crois mélancoliques, comme moi qui ne sais pas où me situer, ayant l'impression de trahir ma mère ou mon père quand je fais le choix d'un pays, d'une nationalité.

Se souvenir

Alors que nous sommes provisoirement séparées de nos parents, ma sœur demande à ma grand-mère de l'inscrire à la Fête de la Jeunesse. Elle désire défiler dans les rues de Rennes, le spectacle est filmé. Elle est fière d'appartenir à la jeunesse française que l'on nomme aussi l'espoir français, ainsi que de porter une tenue blanche comme celle des joueuses de tennis et un bâton de majorette, pour marquer la cadence au son des tambours et des trompettes du cortège des musiciens.

Ma sœur a besoin d'un regard extérieur pour être certaine d'être aimée, son regard à elle ne lui suffit pas, celui de ma mère, cette année-là, disparaît comme il apparaît ; nous ne sommes jamais sûres de sa présence, à la sortie de l'école, dans le parc du Thabor, dans le jardin de la maison de mes grands-parents ; nous ne savons

Tous les hommes désirent naturellement savoir

jamais si nous allons la retrouver. Le manque d'elle que nous éprouvons nous oblige à l'effacer de notre mémoire et à la réinventer sous d'autres formes, selon l'intensité de notre tristesse.

J'applaudis ma sœur à son passage, à la fenêtre de la cuisine, agitant un petit drapeau bleu blanc rouge que j'ai fabriqué avec du tissu et un bâton.

Se souvenir

Le traitement chinois n'a pas guéri l'asthme de ma mère qui selon les recommandations d'Andréa quitte Alger une fois par an pour se rendre en Allemagne.

Elle prend un train depuis Francfort vers une destination inconnue au cœur d'une forêt, pour rejoindre un professeur qui a une autre idée de la médecine, de la maladie. Il soigne ses patients avec ses potions dont il ne peut livrer le contenu, ma mère l'appelle tantôt le génie tantôt le savant fou, je l'imagine avec le visage d'Einstein.

Ma mère reste en Allemagne une semaine au moins, elle loge sur place, dans une maison qui est aussi un laboratoire, un bureau, le professeur reçoit ses patients du monde entier.

Le traitement consiste en des injections, je me représente le corps de ma mère transpercé de tuyaux reliés à une machine qui instille un

Tous les hommes désirent naturellement savoir

produit magique destiné à ouvrir les poumons, les bronches et l'esprit, car toute maladie, dit le professeur, est avant tout une maladie de l'âme : ma mère, pour guérir, doit chercher à l'intérieur d'elle-même ce qui l'asphyxie.

En son absence l'appartement d'Alger retient son empreinte – à sa place dans le lit, sur le canapé du salon, dans la bibliothèque, dans la cuisine quand je regarde mon père vider une rascasse dans l'évier, rouler les rougets dans la farine à même le plan de travail en carrelage blanc, me préparer mon chocolat au lait ; ce sont les gestes de ma mère qu'il reproduit pour nous apaiser, il a le lieu en main, devient le chef de famille, celui qui veille et rassure : le père.

Je l'écarte dès le retour de ma mère, consciente de mon injustice, incapable d'agir autrement ; sans elle, j'étouffe moi aussi : nous sommes, l'une pour l'autre, notre oxygène.

Savoir

Après la guerre mon grand-père a acheté une première maison au bord de la mer, près de Saint-Malo, une ruine qu'il fallait reconstruire, mais dont le terrain était si grand qu'il laissait envisager de nombreuses possibilités.

Tous les dimanches il se rendait sur les lieux, prenait le chemin qui menait à la plage, regardait du haut des escaliers l'étendue de la nature, les falaises, les rochers, les îles du Davier, de Cézembre, la mer au loin qui revenait vers le sable à marée haute, certain d'avoir acquis bien plus qu'une petite maison à moitié détruite.

Il possédait l'espace et les êtres qui traversaient cet espace.

Ma mère a posé pour lui devant les palissades qui protégeaient les travaux. La photographie prenait du temps, le vent faisait voler ses

Tous les hommes désirent naturellement savoir

cheveux. Mon grand-père a ordonné : « Remets donc ta mèche enfin, tu as une tête de capote. »

Trente ans plus tard, ma grand-mère a fait l'acquisition de la maison mitoyenne pour en chasser les clochards qui y avaient élu domicile, certaine qu'ils propageaient des maladies et volaient ses fleurs, des hortensias, pour les vendre au marché.

Se souvenir

Nos parents nous enferment Ali et moi dans un bungalow au Club des Pins, une station balnéaire à quelques kilomètres d'Alger, nous défendant de sortir, de nous promener seuls sur la plage à cause des rafales de vent. Ils sont invités à une fête, nous avons un numéro de téléphone où les joindre en cas de problème, ils nous font à dîner avant de partir, ils boivent quelques verres de vin, du gin, le père d'Ali rentre d'un voyage au Japon, il nous a offert à tous les deux des kimonos que nous portons après la douche, les cheveux mouillés, regardant ces adultes un peu ivres qui semblent être heureux, pour la première fois je vois la mère d'Ali rire aux éclats.

C'est le printemps, la vie prend, elle est sève, force, énergie, brûlante et suave comme les plantes grasses qui montent le long de la façade du bungalow et dont j'extrais un liquide épais

Tous les hommes désirent naturellement savoir

et blanc en en rompant une tige. « C'est du sperme », dit Ali.

Nos parents quittent les lieux, nous finissons les verres, nous n'avons pas assez bu pour être ivres, mais assez pour être excités, fouillant le bungalow qu'ils louent à un autre couple d'amis, des médecins baba cool dit Ali, qui ont accroché des tapis du Mzab sur les murs, il y a de l'encens, des cailloux d'ambre, des plantes suspendues, des fleurs en crépon, puis nous trouvons un jeu de cartes, nous jouons au poker, misons de l'argent, je gagne, je lis dans le cerveau d'Ali, il ne sait pas mentir, se trahit avant d'abattre ses cartes, s'énerve, contre lui, contre moi, il ne tient pas en place, a envie de faire quelque chose d'interdit, la nuit paraît sans fin, c'est comme si le jour n'allait jamais se lever, nos parents jamais rentrer, l'ennui terrorise les êtres, Ali en particulier, il fait les cent pas, cherche, cherche, cherche, mais quoi au juste ?

Nous trouvons dans une trappe secrète creusée dans le mur un fusil et des revues pornographiques que nous retirons de leur cachette, pour parcourir en silence les images, l'arme à la main, tour à tour dans la mienne et dans la sienne.

Se souvenir

Quand mon père est présent à Alger, je regarde avec lui les matchs de foot à la télévision ; il m'apprend à jouer, dans les allées du parc, répétant des centaines de fois le même geste qui consiste à frapper la balle avec l'extérieur du pied, pour qu'elle vrille et trompe le gardien de but.

Quand l'équipe des Fennecs gagne, je sors sur le balcon et avec tous les garçons de la Résidence, nous répondant d'étage en étage, en faisant clignoter nos lampes torches et en lançant des pétards et des pierres, je chante à tue-tête : « One, two, three, viva l'Algérie, Six, five, four, à bas le Maroc ! »

J'appartiens à deux pays, celui dans lequel je vis et celui où je m'invite – le pays des voyous.

Se souvenir

À Ghardaïa, je me tiens hors du groupe que forment ma mère, ma sœur et les amis qui nous accompagnent au centre du désert. Je veux me perdre dans les ruelles de la ville qui semble être construite en cône, non pour me mettre en danger, mais pour savoir combien de temps il faudra pour que l'on s'aperçoive de mon absence, mesurant ainsi le degré d'amour que l'on me porte.

Les maisons, vues de la palmeraie, tiennent ensemble, imbriquées, unies, comme une seule pierre que l'on aurait fragmentée en des centaines de niches, d'alcôves. C'est un labyrinthe qui rend fou.

Je croise des femmes cyclopes, leur voile ne laisse entrevoir qu'un œil qui les aide à se diriger, elles marchent vite, leur corps semble s'élever à quelques centimètres du sol, dans le dédale de

Tous les hommes désirent naturellement savoir

pierre, d'argile, de terre, de sable, je les imagine voler vers un homme, qui attend, tapi sous une alcôve, dans un jardin caché.

Devenir

Je surprends Nour en train de sortir de l'immeuble de Julia qui ne répond plus à mes messages. Je suis venue vérifier, j'avais raison.

Je la suis dans la rue. Nour marche vers l'Institut du monde arabe, j'observe deux mètres de distance pour pouvoir me cacher derrière un arbre, si jamais elle se retournait. Je pourrais toucher sa nuque, ses cheveux, il me suffirait d'accélérer pour saisir son épaule, sentir sa peau, mais je garde mes distances, ne sachant pas si je la désire ou si j'ai envie de la frapper.

Julia me manque alors que je ne sais pas qui elle est. Elle a ouvert une porte en moi. Je suis triste, mais je dois continuer à vivre mon homosexualité, qui n'est pas une expérience, mais un destin.

Arrivée à l'Institut, Nour ouvre une porte avec un badge magnétique et disparaît. L'entrée

Tous les hommes désirent naturellement savoir

est interdite au public. Je reste devant la porte. J'ignore ce que j'espère. Ma vie semble buter là.

Au dernier étage de l'Institut, Nour me regarde.

Se souvenir

Au fond du jardin de la maison de Rennes, il y a un tas de feuilles mortes, d'herbes sèches, de fleurs fanées. Je me rends tous les après-midi après la crèche sur ce monticule qui s'affaisse sous mon poids, fascinée par ce que je découvre sous les feuilles – des insectes avec des antennes et des pinces, des vers qui se dévorent entre eux ; j'imagine un cadavre sous le compost, un homme ou une femme que mon grand-père aurait fait disparaître pendant la nuit.

En l'absence de ma mère, la mort appartient au monde des vivants, elle est intégrée à l'espace solide, la maison, ses chambres, son grenier, sa cave, comme à tout ce que je ne peux saisir entre mes mains – le ciel, la lumière, les nuages.

J'ai peur à Rennes, mais je ne sais pas de quoi. Je n'identifie pas la raison de mon angoisse, hormis

Tous les hommes désirent naturellement savoir

le fait que je n'entends jamais la voix de mon père au téléphone ; je crains que ce soit lui que mon grand-père ait fait disparaître, pour se venger de lui avoir volé sa fille.

Se souvenir

En Algérie, au début des années quatre-vingt-dix, des hommes, des femmes, croyants ou non, politisés ou non, reçoivent dans leur boîte aux lettres des avertissements : « Bientôt on va venir t'égorger. »

Les destinataires ne déposent pas plainte, de peur que cela leur porte malheur.

Ils choisissent le silence, pour se protéger, jetant aux ordures les courriers qui arrivent au moins une fois par semaine, sans timbre, glissés dans la boîte aux lettres tard dans la nuit ou au petit matin, au premier chant des oiseaux qui semble annoncer la fin du monde algérien.

D'autres reçoivent des cercueils miniatures qu'ils réexpédient à un ennemi de longue date, un créancier ou une maîtresse infidèle.

Savoir

Après la naissance de ma sœur, en août 1962, mon père a quitté Rennes pour se rendre à Alger à la recherche d'un appartement. La famille de ma mère disait qu'il ne reviendrait pas, qu'il s'était sauvé, qu'il avait fui ses responsabilités.

Ma mère est tombée malade de fatigue, son père l'a fait hospitaliser pour une cure de sommeil sans lui demander son avis.

Ma sœur séjournait chez l'une de mes tantes, ou chez mes grands-parents, l'histoire reste floue, on ne veut pas en parler, on dit que cette tante a voulu garder ma sœur tant elle s'y était attachée, qu'elle la considérait comme son enfant, on évoque le syndrome du coucou, il y a là à la fois quelque chose de poétique, couver l'œuf qui n'est pas le sien, et de tragique car ma mère souffrait de la situation et en avait honte.

Tous les hommes désirent naturellement savoir

Elle essayait de joindre mon père. Elle l'imaginait dans les rues d'Alger, profitant de la liberté de son pays qui lui était peut-être montée à la tête, peut-être que lui aussi se sentait libre tout d'un coup, qu'il ne voulait plus rentrer, les Algériens devaient rester avec les Algériens, les Français avec les Français.

Elle se trompait.

Mon père prenait son temps. Il avait un mauvais pressentiment. Son pays était libre, mais lui échappait. Il marchait dans la ville bruyante. Les jeunes garçons hurlaient « Algeria Free ». Il avait peur pour son amour, pour sa femme.

Quand il est revenu à Rennes, il a dit à ma mère : « Il est encore temps de rester. »

Elle a préféré partir, loin de ses parents.

Devenir

J'appelle Julia à n'importe quelle heure de la journée, elle ne répond plus, je ne laisse aucun message, mais j'occupe la bande jusqu'à la fin, saturant la mémoire de son téléphone pour que personne ne puisse la joindre.

Je l'appelle la nuit pour la réveiller, je sais qu'elle n'est pas seule. Je l'imagine ligotant une amante pour la photographier pendant sa jouissance.

Je reste dans mon lit le soir, pensant à une vengeance alors que je n'ai pas de raison de me venger. Le plus difficile pour moi est d'éprouver un chagrin d'amour sans avoir vécu une histoire d'amour. Je me fais penser aux psychopathes américains dont je lis les biographies, qui s'inventent une intimité avec une fille avant de l'assassiner.

Tous les hommes désirent naturellement savoir

Quand j'évoque mon aventure avec Julia, je rajoute des jours, j'étire le temps pour qu'il devienne un temps amoureux, que cette aventure existe enfin, prenne corps et chair, rétablissant le déséquilibre (nous n'avons jamais fait l'amour), comblant mes manques (son absence me donne le vertige).

Je fantasme sur ce que je n'ai plus, sur ce que je n'ai jamais possédé.

J'ai le sentiment d'avoir laissé passer ma chance et que toute ma vie s'articulera ainsi, à contretemps de l'aventure.

Se souvenir

Ali prie de toutes ses forces pour grandir le plus vite possible et pour connaître la sensation d'être à l'intérieur d'une femme. Il me plaint car je ne saurai jamais ce que cela fait, et être une fille envahie par un garçon doit faire souffrir.

Selon moi, le plaisir est plus subtil et l'on peut jouir de l'amour ou de l'attachement que l'on éprouve pour un être. Quand je lui dis cela, il me répond : « Ma mère a raison, en fait, tu es folle. »

Plus tard, rue Saint-Charles, je retrouve des photographies de mon école primaire. Ali est toujours près de moi, au premier rang, assis en tailleur, nous tenons l'ardoise à tour de rôle.

Ali m'a choisie dès le premier jour d'école, nous sommes devenus des jumeaux, puis des siamois et un jour des adversaires.

Tous les hommes désirent naturellement savoir

Je cherche dans les photographies de la petite enfance un indice qui aurait laissé présager de notre avenir. Je ne trouve pas. Ali sourit toujours à mes côtés. Je détruis les images, détruisant par la même occasion sa mémoire – pour moi, il est comme mort.

Devenir

Je laisse de la musique sur le répondeur de Julia pour lui faire peur. C'est la bande originale du film *Powaqqatsi*, qui raconte comment l'homme parvient à détruire la nature, puis finit par se détruire lui-même.

J'y vois l'allégorie de mon histoire amoureuse : je suis à la source de ma ruine.

Se souvenir

Juin 1972. Ma mère vient nous chercher à Rennes, nous devons préparer nos affaires, nous n'avons pas beaucoup de temps, les trains n'attendent pas les retardataires – vite mes filles chéries, vous m'avez tant manqué, mes cœurs, mes beautés, vite nous allons retrouver votre père et notre vie d'avant, vite oublions tout cela, ce n'étaient que quelques mois, après tout la vie est si longue, et puis vous étiez bien ici, avec le jardin, le chat, le chien, mais, vite, maintenant nous partons, dites au revoir ou adieu, nous reviendrons ou plus jamais, c'est ainsi, qui part gagne, qui espère remporte, vite, c'est le grand voyage, une surprise vous attend, vite, nous rentrons mes amours, nous rentrons dans notre pays, nous rentrons en Algérie.

Se souvenir

Juin 1982. Au 118 rue Saint-Charles, ma mère dit qu'elle veut me parler, rien de grave, mais c'est important : nous allons déménager. Je désire rester à Paris, je me suis refait des amis, j'aime cette ville, je sais que quelque chose m'y attend et que je ne dois pas perdre de temps, je ne peux pas quitter *ma* ville, je me sens enfin française, je ne veux pas perdre cela, faire marche arrière, m'égarer, retrouver mes fantômes. Je pleure. À la radio passe la chanson de Pierre Perret, « T'en fais pas mon p'tit loup, c'est la vie, c'est comme ça », je suis face à ma mère, dans le salon du petit appartement que nous devons quitter bientôt pour Zurich, ma mère pleure elle aussi, mais c'est à cause des paroles de la chanson qui, je l'ignore, racontent l'histoire d'un viol.

Devenir

Ely m'appelle à cinq heures du matin. « Je ne sais pas comment te le dire. Je ne sais pas s'il y a des mots pour ça. Je me sens seule, j'ai froid, j'ai très froid. Laurence est morte. Elle s'est jetée du sixième étage. On était sorties, comme d'habitude, enfin, je veux dire que ce n'était pas pire que d'habitude. Elle avait pris un truc, mais ça avait l'air d'aller. Lizz est au poste. Ils l'interrogent. Elle prenait un bain. Laurence lui a dit qu'elle savait voler. Elle n'a pas réagi, elle s'est dit que c'était un délire de plus. Que ce n'était pas grave. Et l'autre a sauté. Tu te rends compte ? Elle a voulu voler. Lizz a tout de suite appelé les pompiers et puis une voiture de police est arrivée. Je crois que c'est normal la police quand quelqu'un se suicide, parce que c'est un suicide, ce n'est pas un accident. Je me sens mal. J'ai besoin de parler. J'ai peur. J'ai l'impression

Tous les hommes désirent naturellement savoir

qu'elle est là, partout, dans mon appartement et dans mon corps, tu comprends ? J'entends sa voix quand je te parle. Elle fait des interférences avec la mienne. Elle vient se venger, je le sens, mais moi je ne lui ai rien fait, tu lui diras toi, que je n'ai rien fait ? Promets-le-moi. »

Se souvenir

Dès l'aéroport d'Alger, personne ne peut les séparer.
Ali et Tarek.

Il a été invité au dernier moment, il y avait encore de la place. C'est le fils de la pharmacienne, une amie de la mère d'Ali. Tout le monde la connaît. Tout le monde l'aime bien. Tout le monde sait que son fils est difficile. Tout le monde ignore à quel point elle est en danger.

On dit qu'il a tenté de violer une fille, sa voisine, mais en fait, on ne sait pas trop alors on n'y croit pas. La pharmacienne dit que le désert fera du bien à son fils, elle remercie ; pas moi.

Il déteste les femmes ; sa mère ne comprend pas. Elle culpabilise, elle a quitté son mari quand Tarek était enfant, elle ne supportait plus ses mensonges. Il vit entre Alger et Rome,

Tous les hommes désirent naturellement savoir

il n'invite jamais son fils en Italie, sa vie ne regarde personne, il est libre. Tarek reste seul à la maison, s'ennuie, il n'arrive pas à se faire des amis, de vrais amis, de ceux que l'on garde. Ses liens sont électriques, au début c'est la passion, et puis c'est la haine. Tarek est violent, avec elle aussi.

Elle s'en veut, ne lui accorde pas assez de temps, à cause de la pharmacie dont elle a hérité de son père, elle travaille trop. Tarek s'invente des histoires, il en a après elle, il est jaloux, il l'imagine avec des hommes, il la traite d'hypocrite, c'est impossible, à son âge qu'elle fasse une croix sur *ça*.

À la mère d'Ali : « Mon fils est jaloux de ses propres fantasmes. »

Tarek porte un chapeau de cow-boy en cuir, il a les cuisses musclées, les épaules aussi, son polo à rayures lui colle au torse, il a déjà des poils sur le visage, une grosse bouche, un nez cassé, il est d'une beauté vulgaire, un peu sale, un boxeur, il fait plus âgé qu'Ali et ça plaît à Ali, d'être avec un homme qui raconte des histoires d'hommes.

Je veux être lui.

Ils rient ensemble, et puis il y a les mots qu'il emploie, « fils de pute », « bite », « salope », ça

Tous les hommes désirent naturellement savoir

excite Ali. Je le sais. Si j'étais l'alliée de Tarek, cela m'exciterait.

Je ne peux pas lutter contre lui. Ma mère me tient par le bras, pose sa main sur mon épaule. Je déteste, je ne veux pas être protégée. Je ne suis ni victime ni innocente. L'amitié change de sens.

Ali, au desk : « Je veux la place près de Tarek dans l'avion. » Il ne s'adresse plus à moi, c'est la guerre, je ne suis pas en colère, je me sens triste, rejetée, ils sont deux, j'avance seule, je ne peux pas lutter – mon corps de fille contre les volcans. Je ne veux pas être la cendre. Je préfère la braise.

Dans l'avion, assis derrière moi, ils donnent des coups de pied dans mon siège. Je me retourne : « On ne t'a pas sonné le pédé. » Je dessine des lignes qui enfantent d'autres lignes, en cercle – des cœurs qui explosent de l'intérieur.

Un nuage de sable tombe sur Tamanrasset, je regarde par le hublot le Sahara, je perds Ali.

Henri et Paola, qui voyagent avec nous comme souvent, ont toujours désiré avoir une fille. Je fuis leur tendresse depuis des années – j'ai déjà des parents. Cette fois j'accepte, à cause d'Ali. Ils me prennent par la main, dans les bras, embrassent mon visage, mon cou, mes cheveux, ils me dévorent, ils disent que je sens bon, c'est fou comme je leur ressemble, si je veux, il y a une

Tous les hommes désirent naturellement savoir

chambre dans leur maison, la collection intégrale des *Blueberry*, moi qui aime lire, en plus il y a une cheminée, on fera du feu à Noël, on ira chercher du houx et un sapin dans la forêt de Baïnem, fille, ma fille, notre fille, c'est toi, tu le sais, tu nous manques, on ne se voit pas assez, et ce ne sera jamais assez.

Ils sont doux, ma mère les regarde faire, elle me prête. Je me sers d'eux. Je suis sans morale.

Je suis seule à l'hôtel de Tamanrasset. Je suis seule dans les jardins du Jasmin. Je suis seule dans la palmeraie. Je suis seule dans les salons. Je suis seule dans les couloirs que nous traversons pour regagner nos chambres.

Jamais Ali ne vient vers moi, jamais il ne me regarde.

Par lui j'apprends l'abandon. J'abandonnerai.

Ma mère me prend en photographie à l'Assekrem. Les montagnes, la brume apparaissent derrière moi sur l'image une fois développée. Les masses sont fantomatiques, hallucinantes ; elles font moins peur que mon visage.

Je suis en colère, en colère contre moi – le pédé.

Quand je m'approche, ils cessent de parler, quand je demande à les suivre, ils ne répondent

Tous les hommes désirent naturellement savoir

pas, quand je les rejoins au campement, ils se lèvent, changent de place. Le désert n'est pas assez grand. Je n'insiste pas.

La fin de l'enfance est un tunnel.

Nous sommes si loin d'Alger, au-dessus de Tamanrasset, aux portes du Hoggar. Tout me semble possible mais tout se referme déjà.

Je perds Ali.

Les montagnes forment un plateau. Elles luttent avec le ciel.

Au refuge du Père de Foucauld, Giovanni, le fils d'Henri et de Paola, organise une bataille de pierres. Tarek choisit le caillou le plus pointu pour ouvrir le crâne d'Ali, qui ne pleure pas malgré sa blessure qui saigne. Il a changé.

On le couche sur un petit lit militaire, un père de la confrérie lui applique une compresse désinfectante, il a mal à la tête, sa mère est furieuse contre lui. Je ne vais pas le voir.

Nous nous endormons tous avec un secret, dans la chambre commune, j'entends les petits pères prier puis descendre à l'aube vers le premier village de la région. Ils soignent, aident, apprennent à lire et à écrire aux enfants. Ils portent des robes sombres et des sandales, une croix autour du cou

Tous les hommes désirent naturellement savoir

que j'aimerais posséder pour être protégée du malheur des hommes.

Ma sœur dit parfois : « Tu finiras comme eux. » Elle a compris ma solitude, mon pays.

Nous quittons le plateau de l'Assekrem, pour les sables. Tarek et Ali marchent l'un derrière l'autre, j'ouvre le cortège au côté de notre guide, je regarde devant moi, seul l'avenir compte.

Je les entends rire dans mon dos. Ils sont comme les hyènes de la nuit que le feu repousse – je suis le feu.

C'est une chapelle dans le désert, gardée par des sœurs vietnamiennes. Elles sont au nombre de quatre, je les nomme « les apparitions », ignorant leur nom et leur prénom véritables. Elles descendent du refuge à l'aube, remontent dans la nuit sans jamais se perdre. Elles disent que Dieu ouvre le chemin et veille. Je les crois, baisse le visage en signe de respect, je pourrais me mettre à genoux tant je les trouve belles et sacrées.

Nous retirons nos chaussures en entrant dans le lieu saint, le sable et les murs sont froids. Je ne distingue aucune ouverture et pourtant la lumière traverse l'édifice.

Le Père de Foucauld a laissé des écrits, les petites sœurs, gardiennes du temple des mots, nous les

Tous les hommes désirent naturellement savoir

présentent en offrandes. Je les prends, elles me soignent d'Ali, mon malade et ma maladie.

Je ne connais pas Dieu et je l'invente, ou peut-être est-ce lui qui m'invente dans ce lieu, parmi ces femmes, priant avec des mots qui n'appartiennent qu'à moi : je désire réparer mon cœur.

C'est le Sahara. Et c'est plus vaste que tout. Ce n'est plus la terre, ce n'est plus l'univers. Ce n'est plus la vie. Plus la vie telle que je la connais. C'est la vie haute. C'est la lumière. Et c'est après la lumière.

Tarek, lui, refuse d'entrer dans la chapelle.

Devenir

Ce soir Fred l'Antillaise me raccompagne chez moi, sans monter, je ne le lui propose pas, elle n'a rien demandé, elle a la cinquantaine, n'aime pas les « petites jeunes », mais elle adore parler, les mots sont sa passion, nous restons en bas, dans la rue, à parler d'amour surtout, elle me conseille d'oublier Julia, je perds mon temps, ma force, il faut garder ses larmes pour les choses qui existent, pas pour ce que l'on regrette et qui a disparu. Pour moi Julia représente autre chose, c'est pour cette raison que je *fixe*, c'est mes nuits au Kat, ma vie clandestine dans la ville, ma jeunesse qui ne va pas dans le sens de la jeunesse des autres, je n'y arrive pas, je ne m'assume pas, c'est éprouvant d'être différente, même si je ne peux plus faire autrement, j'ai fait un pas, je suis fière de moi, mais j'en veux à la terre entière, je trouve cela difficile d'être

Tous les hommes désirent naturellement savoir

homosexuelle, personne ne s'en rend compte, ne mesure ça, cette violence ; je ne dis rien sur ma peur au sujet de la mort de Laurence, je ne peux pas, c'est malvenu, je fais des cauchemars moi aussi, comme Ely, elle vient me voir la nuit, moi aussi je me sens coupable, je n'ai pas appelé Lizz, je ne l'ai jamais vraiment aimée, Ely dit que le plus difficile pour Lizz ce sont les soupçons à son sujet, mais l'enquête l'innocente. Fred me conseille d'avoir une histoire avec une femme, n'importe laquelle, même pour une nuit, pour effacer le souvenir de Julia. Fred dit aussi que la plus belle chose avec les femmes, c'est qu'auprès d'elles elle se sent comme un homme. Et encore plus avec Martine, parce qu'elle est petite, frêle, qu'elle se laisse faire, il n'y a pas de tabou entre elles, c'est ça la vraie liberté, de ne pas se sentir jugée, et quand elle est *en* Martine, elle sait qu'elle est en harmonie avec son être à elle, qu'elle ne se ment plus.

Savoir

Le plus étrange avec Monsieur B., dit ma mère, c'est qu'elle n'a pas compris ce qu'il désirait, ce qu'il cherchait. Elle l'a trouvé ridicule, ainsi, dans son état.

Elle se souvient de lui avoir demandé ce qu'il voulait au juste, ce qu'il espérait.

Il ne savait pas, mais il se sentait heureux à ce moment-là et le bonheur ne s'explique pas.

Ce n'est pas un événement, cela fait partie de son histoire, mais il n'y a aucune ramification entre Monsieur B. et le corps de ma mère, entre cet homme et nous, elle ignore si ses sœurs sont comme elle, sans passé, dans l'instant, la vie, ou dans le déni, cela dépend depuis quel angle on se place pour raconter l'enfance.

Nous sommes les parents de nos oublis et de nos mensonges.

Être

Je rencontre Nathalie R. au Kat, je vais partir, elle me suit, me donne son numéro de téléphone, me fait promettre de l'appeler, je promets, je prends le ticket de vestiaire sur lequel est écrit son numéro, elle ne me croit pas, elle est sûre que je ne l'appellerai pas, au moins elle aura essayé, le dit, n'a pas honte de le dire, cela me touche, je ne sais pas pourquoi, d'habitude c'est moi la faible, je déteste d'ailleurs, ce n'est pas ça la vie, la vraie vie des sentiments, d'égal à égal, sans rapports de forces et de pouvoir ; je m'en vais, je l'appelle, quelques heures plus tard nous avons rendez-vous aux Deux Magots, j'ai peur de ne pas la reconnaître, qu'elle ne me reconnaisse pas, nous nous reconnaissons, c'est une bulle dans le café, c'est une bulle dans la ville, c'est une bulle au-delà, ça existe et ça n'existe pas, elle porte une veste en cuir et une jupe, j'aime ses mains et son

Tous les hommes désirent naturellement savoir

alliance, je baisse les yeux à chaque fois qu'elle me parle, je ne suis pas timide, je n'ai pas honte, je suis troublée, je ne sais pas qui elle est, je n'ai pas besoin de savoir, parce que je sais qui je suis, c'est moi que j'aime près d'elle, je veux la suivre, je n'ai plus peur, c'est aussi ça qui me trouble, j'ai changé, je veux tout connaître, tout comprendre, tout essayer, je n'ai rien à perdre, mais je ne veux pas me perdre, je veux tout gagner, tout prendre ; elle habite impasse Passy, je peux passer la nuit avec elle si je le désire, parce qu'elle, elle le désire vraiment, je me dis que je n'ai pas le choix, je dois la suivre, lui faire confiance, je dois vivre ce qu'il y a à vivre, des minutes ou des heures, des instants ou un avenir, peu importe, seul le plaisir compte, ce ne sera peut-être pas pour une nuit, il y aura peut-être des jours aussi, plus beaux, plus doux, il faut essayer, même s'il se peut que l'on se trompe, qu'elle se trompe, que je me trompe, si on n'y va pas, on ne saura pas, si l'on ne se jette pas à l'eau, on ne sait pas que l'on sait nager ; elle règle l'addition, elle m'emmène, je dois me laisser faire, l'écouter, sa main à mon cou, le cuir sous la mienne, dans la vie il ne faut pas trop réfléchir, sinon on manque sa chance et on déçoit son espoir, elle m'a repérée depuis longtemps, ne devrait pas le dire, mais puisqu'elle dit tout, elle est ainsi, elle a toujours foncé, tant pis pour les

Tous les hommes désirent naturellement savoir

accidents, les erreurs, les faux pas, elle s'est étonnée de voir une fille si jeune dans ce genre d'endroit, cela lui a plu, lui plaît, je suis courageuse ou très sûre de moi, elle ne veut pas le savoir, mais c'était plutôt touchant de me regarder au bar, assise, seule, à attendre que quelque chose arrive, qu'une main se tende, elle n'a jamais trouvé ça triste, bien au contraire, la tristesse c'est de ne pas oser ; elle conduit une Fiat 500 bleu marine, la main posée sur ma cuisse, Paris est une terre étrangère et ma campagne, je vois des fleurs et des dunes, je vois l'océan et les falaises, je vois la pierre et l'eau qui ruisselle place de la Concorde, je sens l'odeur du parfum, la vitesse dans les virages, le vent qui n'est ni gifle ni caresse quand je baisse la vitre de sa voiture, je suis l'air et le métal, l'asphalte et l'oxygène, je suis l'esclave libre de mon désir ; dans sa chambre le jour se lève déjà, les nuages forment des ombres sur les murs, j'occupe le centre du monde, je suis le roi, je suis la reine, je suis mariée à moi, mon corps contre son corps, ma peau contre sa peau, son souffle et ses silences, son odeur se mélange à mon odeur, je suis avec elle et elle est avec moi, elle est en moi et je suis en elle, rien ne nous sépare et tout s'éloigne, le bruit de la ville qui bouge, l'aube et ses mauves, le vent sous le toit, le poids de l'inconnu, je suis toujours la même

Tous les hommes désirent naturellement savoir

et pourtant différente parce que je m'abandonne à l'emprise du rêve éveillé, je désire maintenant et je suis désirée, je suis sans passé, sans avenir et sans témoin, je pourrais disparaître entre ses mains et pourtant je renais.

Être

J'écris les travées et les silences, ce que l'on ne voit pas, ce que l'on n'entend pas. J'écris les chemins que l'on évite et ceux que l'on a oubliés. J'étreins les Autres, ceux dont l'histoire se propage dans la mienne, comme le courant d'eau douce qui se déverse dans la mer. Je fais parler les fantômes pour qu'ils cessent de me hanter. J'écris parce que ma mère tenait ses livres contre sa poitrine comme s'ils avaient été des enfants.

Se souvenir

Lorsque ma mère vient nous chercher à Rennes pour nous ramener à Alger, ma grand-mère, avant notre départ, me donne une photographie de Mardi gras : je suis déguisée en clown avec un chapeau pointu et ma robe de chambre rose, ma sœur est en danseuse de flamenco, ses cheveux relevés en chignon, des castagnettes dans une main, un éventail dans l'autre, ma grand-mère porte une voilette et sa toque de renard blanc, elle est heureuse, c'est un jour de fête, un jour béni, elle a joué au piano et on a chanté tous ensemble « Toréador ton cœur n'est pas en or ». Les confettis pleuvent et les guirlandes s'enroulent, les ballons volent et nous ouvrons nos pochettes-surprises offertes par Monsieur B. et son épouse qui sont venus, spécialement, pour l'occasion.

Être

Nous sommes assises autour de la piste du Kat et les travestis font leur spectacle, la bande-son du play-back grésille, tout est faux et tout est vrai : les femmes qui regardent les hommes déguisés en femmes, les hommes qui chantent et dansent et qui ne veulent plus être des hommes pour cette nuit, cette grande nuit. Nous ne sommes plus les actrices, les divas, les premiers rôles, nous assistons, nous regardons et nous cherchons la vérité derrière les masques ; il ne suffit pas de se travestir pour être un autre, de se cacher les yeux pour s'inventer, de garder le silence pour ne pas trahir le secret, la nuit ne suffit pas à voiler le jour et le jour ne recouvre pas la nuit, tout circule et se mélange, tout révèle et se contredit, tout se répond et s'oppose, les mots sont des oiseaux sauvages. Il n'y aura jamais assez d'heures pour embrasser la vérité, nous ne saurons jamais qui

Tous les hommes désirent naturellement savoir

nous sommes, ce que nous désirons et attendons, il y a tant de fruits dans un arbre et tant de fleurs dans un champ, si les travestis changent de robes et de chapeaux, il nous est impossible de changer de cœur et de chair, nous sommes toutes ensemble, unies et solitaires, il y aura toujours des fêtes et des lumières, il y aura toujours des larmes et des clairs-obscurs, restera l'amertume de ne pouvoir explorer le cœur de ceux que nous aimons et de ceux qui nous aiment, il y aura toujours du mystère et de l'inconnu, nous ne saurons ni les racines ni la terre, nous ne saurons ni les raisons du bonheur ni celles des chagrins ; une seule certitude demeure – nous espérons.

Je me dirige vers l'autre rive, loin de mon quartier, livrée aux mains du hasard. La Seine est mon repère. Les fleuves sont puissants comme le temps, ils nous propulsent vers un avenir menaçant.

Dans la foule, je me demande comment nous fabriquons nos existences ; de quel matériau usons-nous pour construire notre histoire et de quel passé sommes-nous les héritiers ? Pourquoi choisir un chemin plutôt qu'un autre et comment savoir si nous avons raison ou si nous avons tort ?

Nous ressemblons aux dessins préhistoriques du Tassili n'Ajjer, avec nos arcs et nos flèches, dans le combat et la résistance puis dans la paix et le repos, allongés sous les arbres qui pleurent.

Il y aura toujours des guerres et des réconciliations.

Notre cœur gardera toujours en mémoire ses passions perdues et retrouvées.

Nous aurons toujours la prescience de certains êtres que nous rencontrerons et aimerons plus que nous-mêmes.

Tous les hommes désirent naturellement savoir

Lorsque l'avenir nous effraiera, nous saurons que d'autres, avant nous, s'y sont engagés et nous attendent peut-être.

Mais si les fleuves charrient nos années, il nous demeure impossible de remonter à la source. Nous ignorons combien d'amours et de désaveux nous précèdent et combien de silences traversent nos silences.

Nous ne cesserons de chercher à savoir, nous, les hommes et les femmes, égaux et différents, lancés dans le tourbillon de la ville et des atomes invisibles et magnétiques.

CET OUVRAGE A ÉTÉ COMPOSÉ PAR PCA
ET ACHEVÉ D'IMPRIMER SUR ROTO-PAGE
PAR L'IMPRIMERIE FLOCH À MAYENNE
POUR LE COMPTE DES ÉDITIONS J.-C. LATTÈS
17, RUE JACOB – 75006 PARIS
EN NOVEMBRE 2018

Nº d'édition : 05 – Nº d'impression : 93467
Dépôt légal : août 2018
Imprimé en France